KB108559

당신 엄마가 당신보다 잘하는 게임

당신 엄마가 당신보다
잘하는 게임

박서련 소설집

민음사

차례

당신 엄마가 당신보다

잘하는 게임

나 학교 안 가.

돌아오자마자 아이는 책가방을 소파에 내던진다. 쿵쿵거리는 아이 발소리에 이미 놀란 채로 마중을 나왔던 당신은, 아이의 선언에 다시 한번 철렁 내려앉은 가슴을 부여잡고 가방을 챙겨 아이의 뒤를 쫓는다.

왜 그래 또? 이번엔 또 뭐 때문이야, 응?

내 방에 막 들어오지 말라고 했잖아!

지승아, 엄마 아직 안 들어갔어. 봐.

당신은 문지방에 올렸던 한쪽 발을 슬며시 뒤로 뺀다. 침대에 벌렁 자빠졌다가 다시 몸을 일으키는 아이를 문틀이 액자처럼 둘러싸고 있다. 아이는 분에 못 이겨 씨근거리면서 당신을 노려본다.

나 가방 필요 없어. 내일부터 학교 안 갈 거야.

그게 무슨 소리야. 사람이 학교를 다녀야지. 왜 그러는데, 응?

채 다 자라지 못했기에 아직 좁디좁은 아이의 어깨가 씨근대는 숨소리를 따라 오르내린다. 아이의 가슴이 부풀었다 꺼질 때마다 당신은 조금씩 졸아든다. 뜻대로 안 풀리는 일이 생기면 그만두겠다고 악을 쓰는 것은 이 아이의 못된 버릇이다. 겨우 초등학교 5학년인데 뭐가 그렇게 힘들까. 아니야, 이해심 많은 엄마는 이런 생각 하는 게 아니지. 당신은 아이가 원망스러워지려 할 때마다 아이 대신 자신의 부족함을 탓했다. 아이의 현재에는 당신이 열두 살이던 시절의 세계에는 없던 것들이 아주 많고, 그것들은 대부분 당신이 그때 알던 것들보다 중요하다. 당신은 자신이 그 사실을 이해하는 엄마라는 점을 뿌듯하게 여기고 있다.

애들이 나 왕따시키려고 해.

또?

아이는 3학년 때 이미 따돌림을 당한 적이 있다. 뚱뚱하다는 이유에서였다. 키 크는 한약을 지어 먹인 것이 원인이었다. 가리는 음식이 많던 아이는 냄새가 나는 한약을 물론 좋아하지 않았지만, 매일 두 번씩 한 달 반동안 총 100포의 약을 끝까지 잘 먹으면 새로 스마트워치를 사 주겠다는 아빠의 공약에 군말 없이 따라 주었다. 점차 식욕이 좋아지고 질색하던 게맛살과 대파와 브로콜리도 가리지 않고 먹게 된 것까지는 좋았지만, 크라는 키는 안 크고 살만 오른 것이 문제였다.

요만할 때 찐 살은 다 키로 가. 괜찮아.

시부모님도, 남편도, 당신의 친구들도 그렇게 말했고 당신도 그 사실을 의심하지 않았다. 하지만 아이의 친구들은 아이가 앞으로 얼마나 클지에 대해서는 관심이 없었다. 바로 지금 눈앞에 있는 아이가 돼지라는 사실에만 주목했다.

학교에 찾아가 따돌림을 주도한 가해 학생의 부모를 만나고, 아무리 초등학생들이라지만 인권 교육에 힘을 좀 써 달라고 담임교사에게 간곡히 이야기하고, 성장약을 처방해 준 한방병원에서 체질 개선 한약을 새로 지어 왔다. 글루텐프리, 하프 칼로리 재료들로 손수 만든 간식만을 먹이고 아이를 키즈 피트니스 클래스에 등록시켰다. 무엇 하나 쉬운 일이 없었다. 가해 학생 부모는 그들 자식이 당신 아이를 따돌린다는 사실을 죽어도 인정하지 않으면서 지승이가 좀 우람하긴 하잖아요? 같은 소리나 해 댔고, 담임교사는 새 지갑에 백화점상품권을 가득 채워 선물하기 전까지는 아무 조치도 취해 주지 않았다. 아이는 학교에도 가기 싫고 운동도 가기 싫다며 울고불고 난리였다.

이런저런 노력 끝에 가해 학생 부모에게 사과를 받고

다른 학생들이 아이를 못살게 구는 것은 멈출 수 있었지만 아이에게 친구를 만들어 주지는 못했다. 오히려 사과를 받은 이후부터 따돌림 시즌 투가 시작되었다. 그전에는 아이를 놀리려고 최소한 말은 걸던 아이들이, 이후로는 아이를 투명 인간처럼 못 본 척했다. 학교에 항의를 해 봤지만 그럴수록 역효과가 났다. 아이는 나이답지 않게 우울해했고 학교에 가는 걸 심하게 싫어해서 당신은 아침마다 전쟁에 임하는 심정으로 등교 준비를 시켜야 했다. 와중에 입맛은 좋아서 끼니를 거르지 않는 건 예쁘고 기특했지만, 아이가 왜 따돌림을 당했는지 자꾸 상기되어 괴롭기도 했다.

그 나이 때는 친구가 다인데, 지금 또래하고 어울리는 법을 못 배워 두면 앞으로 얼마나 힘들겠어.

하도 속상해진 당신은 지금이라도 둘째를 낳아야 하는 게 아닌지 남편과 진지하게 상의했고 물리적으로도 시도해 보았지만 유의미한 결과는 없었다. 아이가 새로 친구를 사귀어 집에 데려오기까지는 1년이 넘게 걸렸다. 그사이에 아이는 20센티미터 넘게 자랐고 체중은 4킬로그램밖에 늘지 않았다.

그러니까 그 일이 해결된 것은 당신의 노력보다는 마침내 약효가 나타났기 때문인 것 같아서, 당신은 늘 아이에게 미안한 마음을 품고 있었다. 따돌림을 당한 것은 당신 때문, 따돌림에서 벗어난 것은 아이 스스로의 힘

덕분이었다. 어떻게든 아이한테 보상해야 할 일이었다.

이번엔 뭐 때문이야? 엄마가 가서 한마디 해 줄까?

아이는 물기가 고인 눈을 떨군 채 침대 하부 프레임을 발뒤꿈치로 퉁퉁 걷어찬다.

애들이 나한테 게임 존나 못한대. 나랑 못 놀겠대.

순간 당신의 말문이 막힌다. 또 피시방에 갔었느냐고 꾸중부터 해야 하는데 아무래도 그럴 분위기가 아니다. '존나' 같은 말은 어디서 누구에게 배웠느냐고도 해야겠는데 그것도 일단은 미뤄 둬야 한다. 가장 이해하기 어려운 것은 아이들이 공부를 못해서도, 운동을 못해서도 아니고 게임을 못해서 사람을 따돌린다는 점이다.

좀 못하면 어때, 못할 수도 있지. 게임이 그거 하나만 있는 것도 아니잖아? 너 잘하는 거 많잖아. 네가 잘하는 거 하고 놀자고 해 봐. 애들 초대해서 다 같이 거실에서 놀래? 엄마가 맛있는 것도 해 줄게.

당신의 남편은 일본에 본사를 둔 게임 회사의 한국 지사에서 일하고 있다. 다른 아이들이 갖고 싶어 손톱을 물어뜯을 만한 게임 콘솔과 소프트웨어 들이 당신의 집에는 얼마든지 있다. 그것들을 구경하고 집에 돌아가면 아이들은 자기 부모를 원망하게 될 것이다. 부모가 원망스러운 만큼이나 당신 아이를 부러워하게 될 것이다.

그러나 아이는 서러운 울음을 터뜨린다.

애들이 한 판 하고선, 나랑은 아무도 팀 안 하려고 하고, 경헌이랑 팀 한다고, 걔는, 잘하니까.

아이가 울면서 하는 말이 당신은 이해가 될 듯도 하고 안 될 듯도 해서 눈물이 나려 한다.

알지도 못하면서, 엄마는, 엄마는 알지도 못하면서.

당신은 얼른 아이에게 다가가 아이를 와락 끌어안는다

몰라서 미안해. 엄마가 알아서 해 볼게. 응?

안긴 채로 아이는 엉엉 소리 내 울고, 당신은 어느덧 당신 덩치를 따라잡은 아이가 이렇게 서러울 때만이라도 곁을 내준다는 사실이 어쩐지 고맙다는 생각을 하고, 한편으로는 곧 영어 과외 교사가 올 텐데 언제 달래고 언제 씻겨 책상 앞에 앉혀 놓을지를 고민하면서, 엄마가 알아서 할게, 라는 말을 주워섬긴다.

할 수 있는 것은 다 했다. 앞으로도 그럴 것이다. 할 수 없는 것도 웬만하면 해 보려고 한다. 아이에 대한 당신의 태도는 그렇다.

당신 아이는 특별하다. 과장도 농담도 아니다. 다양한 분야에서 두루 재능을 보이고 여느 아이들보다 끈기도 있다. 다만 소통 능력이 조금 떨어지는 편인데, 당신 나름대로 내린 진단에 따르면 그건 아이의 탓이 아니라 다른 아이들과 수준을 맞추기 어려워서 그런 것이다. 당신의 아이는 나이답게 순진한 면도 있지만 나이보다 어른스러운 면도 있다. 홈스쿨링을 시켜야 하나. 남편에게 해외 발령 신청을 하라고 해야 할까. 아니면 남편이 기러기아빠가 되더라도 아이와 함께 외국에 가는 게 좋을까. 아이가 한창 따돌림을 당할 즈음 하던 고민은 답을 내리지 못한 채 보류 중이었다. 그래도 지독한 따돌림을 당한 후 아이에게는 친구가 생겼고 새로 사귄 친구들은 아이를 좋아해 주었다. 그래, 사람 사귀는 건 지금 실컷 배워 놔야지. 외국 갈 땐 가더라도 모국어 쓰는 친구들은 많이 만들어 두는 게 좋고말고. 정서 지능도 지능이라잖아. 이것도 때가 있는 거야. 우리 애는 잘할 거야.

아이는 부족함 없이 자랐다. 전공을 시킬 생각은 없지만 악기 두 개를 가르치고 미술 학원에 보내고, 공부는 학원보다 과외가 나을 것 같아 일단 영수 과외를 붙여 두고. 덕분에 아이는 성적도 전교권에 들고 운동신경도 특별히 나쁘지 않다. 아이가 배우고 싶다고 해서 케이팝 댄스 학원에 두어 달 보냈을 때는 습득 속도가 워낙 빨라 청소년반에 들어가도 되겠다는 칭찬을 들었다. 노래는 아빠를 닮아 잘하고 얼굴은 엄마를 닮아 준수하다. 엄마 아빠 둘 다 그리 크지 않아서 걱정이었던 키도 이제는 반에서 두 번째로 크다. 한두 해 사이 너무 빨리 자라서 오히려 문제가 생긴 게 아닌가 겁을 먹기도 했지만, 성장 클리닉에서는 앞으로도 지속적인 관리만 해 주면 걱정 없다고 했다.

어느 오후 아이가,

그런데 오늘 우리 반에서 어떤 애가 어떤 애한테 너네 엄마 돼지라고 해서 걔가 울었어.

라고 한 다음 날부터 당신은 피부과에 다시 다니기 시작했다. 아이들이 엄마 외모까지 평가한다는 걸 안 이상 가만히 있을 수는 없었기 때문에. 고등학교 때까지 한국무용 전공을 지망하던 당신은 여전히 곧고 탄탄한 골격에 살이 별로 붙지 않은 몸매를 유지하고 있지만 머리숱이 남들보다 조금 적고 성인 아토피 증상이 있었다.

결혼했다고 긴장 푸는 여자들하고 달라서 당신이 좋아.

언젠가 남편이 했던 평가와 아이가 그날 전해 준 이야기가 완벽하게 포개진다고 생각하면서 당신은 헤어 숍 원장이 추천한 오가닉 블랙빈 탈모 방지 제품을 라인별로 주문했다. 탈모가 걱정되어서가 아니라 아이가 당신 때문에 놀림당하는 일을 예방하기 위해서.

솔직히 말해서 당신은 가끔 당신 아이가 되고 싶다.

아이의 반에 당신이 사는 아파트보다 좋은 집에 사는 아이는 없다. 당신의 남편보다 좋은 차를 타는 아버지는 없다. 당신 어머니는 당신이 자라면서 겪어야 했던 일들에 책임 있게 나서 준 적이 없었고, 아버지의 경우는 굳이 떠올리고 싶지도 않지만 쥐어짜려야 쥐어짜 낼 기억조차 없다. 따라서 당신이 아이를 위해 하는 모든 일은, 어쩌면 아이를 위하는 그 이상으로 당신 자신을 위하는 길이기도 했다. 열두 살짜리 아이를 키우는 지금 여기의 당신이 아니라, 타인에게서는 보상받을 수 없는 어린 시절의 당신을 위한 것. 당신은 그 사실을 정확하게 의식하며 아이를 사랑한다. 그렇기에 할 수 있는 일을 다 하면서, 동시에, 할 수 없는 일은 없다고 믿는 것이다.

그런데 게임이라니. 그런 건 도대체 어떻게 해결해야 해?

아이가 방금 털어놓은 이야기는 당신이 거의 처음 맞닥뜨린, 당신의 노력으로는 해결할 수 없는 숙제 같다. 그러나 당신은 아이가 따돌림을 당한다는 사실을 최초로 고백했을 때에도 그렇게 생각했다. 답이 없다고 느껴지는 일에 도전한 전적이 이미 있다. 그때는 100퍼센트 당신의 뜻대로 하지 못했지만, 이번에는 다를 것이다. 무엇이든 예방이 중요한 법이다. 당신은 아이가 또다시 따돌림을 당하게 내버려 두지 않을 것이다.

과외지 뭐.

영어 과외 교사를 아이 방 안에 들여보내고 친구와 나누던 메신저 대화에서 당신은 답을 찾는다. 등잔 밑이 어둡달까, 마침 아이가 과외를 받는 시간이어서 더 새삼스러운 답이다. 왜 그 생각을 못 했지? 반려견 미용법 과외도 받는 시대인데 게임 과외라고 못 받을 거 없잖아.

근데 과외까지 받아야겠어? 게임 좀 못한다고 왕따시키는 건 걔네가 이상한 것 같은데. 그냥 지나가지 않을까.

애 안 키워 봤으면 말을 말아. 금방 까먹을 것 같아도 집요한 게 요 나이 때 애들이야. 지승이도 그래. 지금 못 해 준 거 평생 기억했다 언젠가 써먹을 거야.

당신은 아이가 했던 말을 되새긴다. 그 게임을 잘한다는 경헌이라는 아이는 여러 분야에서 당신 아이와 엎치락뒤치락 경쟁을 벌이고 있었다. 가정환경은 당신 아이만 못하지만 그렇다고 눈에 띄게 처지는 편은 아니고, 키 하나는 5학년 중에 최고로 크다. 성적은 과목마다 당신 아이보다 하나씩 덜 맞거나 더 맞거나 했고, 5학년이 된 지 얼마 안 돼 여자 친구를 세 명이나 사귄 인기인이다. 당신 아이는 그 애를 무척 동경하고 한편 질시한다. 아이는 경헌의 소식을, 특히나 새 여자 친구 소식을 꼬박꼬박 당신에게 전해 주었다. 당신은 아이의 그런 모습이 귀엽다고 생각했다. 해 본 적도 없는 사랑 놀이 따위 시시하고 지긋지긋한 체를 하지만, 허공의 신 포도를 향해 침을 뱉는 듯한 태도를 숨기는 요령을 아직 모를 나이다. 세상에서 엄마가 제일 예쁘다던, 커서 엄마와 결혼할 거라고 말하던 시절이 전혀 그립지 않다면 거짓말이겠지만, 아이가 자연스럽게 이성에게 관심을 보이고 있음을 확인하는 것도 나름대로 기쁜 일이었다. 과보호 속에서 자란 도회적인 애들이 엄마와 병적인 애착 관계를 맺는 것을 당신은 늘 징그럽게 여겼다. 당신 남편과 시모의 사이가 그렇듯이. 다만 아이에게 인위적으로 친구를 만들어 줄 수 없었던 것처럼, 아이의 짝꿍도 당신 마음대로 정해 줄 수 없다는 사실이 아쉬울 따름이었다.

　게임 과외라는 말을 듣고 당신이 떠올린 첫 번째 아이디어는 경헌을 잘 구슬려 아이한테 게임을 가르쳐 주도록 하는 것이었다. 떠올리자마자 고개를 절레절레 저은 생각이기도 했다. 이미 중학교 2학년 수준의 영어 과외를 받고 있는 당신 아이가 경헌에게 뭘 배울 이유는 없다. 고양이를 그리려면 호랑이를 목표로 하라는 말이 있지. 경헌이 게임을 얼마나 잘하는지는 몰라도, 배우려면 진짜 전문가에게 배우는 게 나을 것이다.

　당신은 수년 전 프랑스 자수를 배울 때 잠깐 써 본 과외 교사 검색 앱을 다운받는다. 어느 카테고리로 들어가야 아이가 말한 게임을 가르쳐 줄 선생을 구할 수 있을까. IT, 이색, 취미, 기타? 취미 카테고리 상단에 게임이 있다. 이게 진짜 있구나. 내가 게임 과외 선생을 구하는 최초의 구매자도 아니구나. 당신은 호들갑을 떨며 친구에게 이 소식을 전한다.

당연히 있지. 요새 프로게이머 학원도 있는 거 몰라?

당신은 나름 신세대라 자부하면서도 여태 게임을 전문적인 일로 생각지 못했다는 사실에 묘한 부끄러움을 느낀다. 당신 남편의 일처럼 게임을 만들거나 유통하는 일만 직업이 되는 줄 알았다. 어디 보자. 리그 오브 레전드, 오버워치, 배틀그라운드……. 아이가 말한 게임의 타이틀이 기타 카테고리 바로 위에 있다. 연령과 지역, 희망 과외 요일과 시간을 입력하고 등록 버튼을 누른다.

간식으로 과일을 깎아 방에 갖다주고 앱을 확인해 보니 벌써 오퍼가 세 건 들어와 있다. 연이어 들어오는 오퍼에는 강사의 스펙이 상세히 적혀 있다. 어머, S대, K대 다니는 사람도 게임 과외를 하는구나. 하긴 요새 게임 잘하는 사람은 머리도 좋다지. 이 일이 혹시 아이에게 악영향을 미치지는 않을까 염려하던 마음이 아주 조금 걷힌다.

아이의 과외수업이 끝날 때까지 들어온 레슨 오퍼는 총 일곱 건이다. 당신은 강사들의 스펙을 하나하나 살피고 인터넷으로 '챌린저 리그'가 무슨 뜻인지 검색해 본다. 챌린저, 다이아, 플래티넘, 골드 순으로 승률이 높다는 의미인 것을 확인하고 한 명을 골라 연락을 넣는다.

지승이 너는 좋겠다. 나 같은 사람이 네 엄마라서.

과외 선생을 돌려보내자마자 게임을 켠 아이의 뒷모습을 바라보면서 당신은 회심의 미소를 짓는다. 걱정할 거 없어. 너는 그 게임을 반드시 잘하게 될 거야. 왜냐하면 내가 너의 엄마니까.

자녀분이 프로게이머를 지망하나요?

당신이 고른 선생은 K대학에 재학하며 챌린저 리그 아이디를 보유한 인재다. 대학생 리그에서 수상한 경력도 있다.

아이가 학교에서 돌아오려면 한참 멀었지만 면접을 본 다음 아이를 대할 때의 주의 사항도 알려 줄 겸 선생을 일찍 집으로 불렀다. 당신은 아이의 품위를 손상시키지 않으면서 문제를 정확하게 표현하기 위해 말을 고른다.

그런 건 아닌데, 아이가 게임 실력이 별로라 학교에서 인기가 없나 봐요.

K대생은 측은하다는 듯한 표정을 짓는다.

요즘 남자애가 게임 못하면 아무래도 또래 집단에서 발언권이 약해지죠. 남자애들은 서열이 중요한 거 아시죠? 요새 애들은 치고받고 하지 않아요. 게임 실력이 서열을 결정하죠. 솔직히 페이커가 연예인급 인기를 누리는 이유가 연예인처럼 잘생겨서는 아니잖아요. 근데 요새 대한민국 10대 20대 남자들은 다 페이커를 숭배한단 말이에요. 왜냐, 단순해요. 게임을 잘하니까. 그게 다예요. 연봉 높지, 여자들한테도 인기 많지. 무엇보다 퍼포

먼스 자체에 뭐라 표현하기 힘든 매력이 있어요. 그런 면에선 스포츠 선수랑도 비슷하죠. 괜히 게임을 이스포츠라고 부르는 게 아니에요.

내가 사람을 잘 고른 것 같아. 당신은 뿌듯해하며 K대생의 말에 연신 맞장구를 친다. 페이커가 사람 이름이라는 걸 이제야 알았지만 이 사람의 지도를 따르면 당신의 아이도 그처럼 카리스마를 갖출 수 있으리라는 확신이 든다. 당신은 티 테이블 위에 놓인 찻잔과 K대생의 학생증을 번갈아 보며 미소를 짓는다. K대는 남편의 출신 대학이기도 하다. 남편의 동문이라는 점이 든든하기도 하거니와, 어쩌면 이 사람으로부터 좋은 자극을 받아 아이도 명문대에 진학하게 될지도 모른다는, 근거가 희박한 희망이 피어오른다. 아무래도 아빠보다는 자신과 연령대가 조금이라도 가까운 사람한테서 좀 더 인스파이어드 될 테니까. 그건 하면 할수록 흐뭇한 상상이다. 어디 내놔도 빠지지 않는 게임 실력을 갖추고 아빠처럼 명문대에 진학하는 당신의 아이. 그러고 보면 게임을 잘한다는 건, 게임만 잘하는 것처럼 보이지 않는다는 점에서 대단한 스펙이 될 수 있다. 명문대생에게 게임 과외를 받는 것을 명문대 진학과 연결 짓는 건 김칫국이라고 쳐도, 자신감 하나는 확실하게 배울 수 있을 것이다. 돈 주고 살 수 있는 것 가운데 가장 중요한 것이 자신감이라고 당신은 믿고 있다.

사모님은 해 보셨어요?

제가요? 제가 뭐 하려고.

손사래를 치는 당신에게 K대생은 조금 화난 듯한 표정을 지어 보인다.

아이한테 그렇게 중요한 일인데 무시하시면 안 되죠. 자녀분이 영어 단어 물어보는데 엄마는 영어 못해, 그러시나요? 그거랑 이거랑 뭐가 다르죠?

정곡을 찔렀다. 당신은 아이가 모르는 것을 물어볼 때 모른다고 하는 엄마가 되고 싶지 않아 따로 영어 공부를 해 왔다. 아이의 물음에 우물쭈물하는 엄마들을 내심 한심하게 여겨 온 것도 사실이다. 아이가 실제로 당신에게 영어 문제의 답을 물어보는 일은 지금껏 없었지만, 당신은 당신의 노력이 영 헛일이 되지는 않을 거라고 믿고 있다. 고입이나 대입 시기쯤 아이를 데리고 유럽이나 미국을 여행하는 상상이 당신에게 끝없는 동기 부여가 되었다.

그렇지만 저 같은 아줌마가 게임 배워서 어쩐다고……

뭐가 아줌마예요. 저랑 나이 차이도 별로 안 나시는 것 같은데.

K대생은 언제 얼굴을 찌푸렸었냐는 듯 이를 드러내며 웃는다. 당신은 기세에 못 이겨 아이 방으로 그를 안내하고 컴퓨터를 켠다. 컴퓨터에는 로그온 비밀번호가

걸려 있지만 당신은 그게 무엇인지 안다. 당신이 비밀번호를 안다는 사실을 아이는 모른다.

계정부터 만들어 주시고요.

당신은 메일 주소와 휴대폰 번호를 입력하고 인증 절차를 진행한다. 안내 메시지가 뜬다. '이미 가입한 정보가 있습니다. 새 계정을 만들까요?' 당신은 아이가 당신의 개인 정보를 바탕으로 계정을 만들었다는 사실을 알아채고 살짝 놀란다.

괜찮아요. 계정은 여러 개 만들 수 있으니까.

K대생은 마우스를 쥔 당신의 오른손 위에 자기 손을 포갠다. 능숙하게 가입을 마무리하고 튜토리얼 단계로 당신을 안내한다.

자, 이게 게임 방식을 가르쳐 주는 튜토리얼이에요. 튜토리얼에서 선택할 수 있는 챔피언은 몇 개 안 돼요. 그냥 아무거나 해 보세요. 감을 익힌다는 느낌으로.

튜토리얼이 진행되는 동안 K대생은 계속 당신 옆에 붙어 마우스를, 그 위에 얹은 당신의 손을 조작한다.

우 클릭으로 이동. 우 클릭, 우 클릭, 우 클릭. 네, 잘하시잖아요.

어쩐지 껄끄럽다 생각하면서도 당신은 K대생의 손을 뿌리치지 못한다. K대생은 왼손을 당신 등 뒤로 넘겨 키보드 위에 올린다. 마치 당신을 뒤에서 감싸 안은 듯한 모양새다. 여전히 당신은 당신이 뭔가 착각하는 것인지 아니면 원래 이런 식으로 이루어지는 일인지를 의심하며 튜토리얼 스테이지를 진행한다. 괜히 쳐다봤다가 코끝이라도 스칠까 봐 걱정될 만큼 K대생과 당신이 가까이에 있기도 했으므로.

이런 식으로 하시면 거북목 와요. 배 집어넣으시고.

K대생이 키보드를 조작하던 왼팔을 구부려 당신의 배에 손을 얹었을 때 당신은 자리에서 벌떡 일어난다.

왜 그러세요?

K대생은 능글능글 웃으며 도리어 당신에게 묻는다. 이상행동을 보이는 쪽은 자기가 아니라 당신이라는 듯이. 당신은 당장 따질 말이 떠오르지 않아 도로 자리에 앉는다. K대생이 당신의 몸을 감싸듯 뒤로 넘겼던 왼팔을 앞으로 넘겨 키보드에 올린다. 당신이 튜토리얼 스테이지 두 번째를 시작하려는데 K대생이 왼 팔꿈치를 부자연스럽게 움직이며 당신의 가슴을 건드린다.

지금 뭐 하시는, 뭐 하는 거예요?

당신은 떨리는 목소리로 묻는다. K대생은 양손을 들고 어깨를 으쓱하며 웃어 보인다. 운동선수들이 파울을 저지르지 않았다고 주장할 때 짓는 표정이다. 그 얼굴이 가증스럽다. 당신의 눈에는 그의 속내가 훤히 보인다. 너는 내가, 세상이 만만하구나. 네가 그런 표정으로 무고를 주장할 때마다 사람들이 다 믿어 주고 상대 여자가 나쁜 사람이 되곤 했겠지. 그러니 세상 물정 모르는 듯이 보이는 가정주부 정도면 네 마음대로 주무를 수 있다고 생각하겠지. 그렇지만 당신은 그보다 나이가 훨씬 많다. 그에게 겁을 먹거나 말려들기에는 당신이 너무 어른이다.

이만 가 주세요.

네? 아직 가르쳐 드릴 게 많은데요.

K대생은 분위기를 파악하지 못하고 계속 싱글댄다.

너한테 배울 거 없으니까 나가라고.

K대생은 또다시 파울을 저지르고는 아닌 척하는 운동선수처럼 손을 번쩍 든 채, 그러나 웃음기가 가신 얼굴로 물러난다.

만약 당신이 과외를 받을 아이의 부모가 아니라 과외생이었다면, 만약 당신이 지금 10대였다면 당신은 뭔가 크게 착각하고 있다고 생각했을 것이다. 어찌할 바를 몰라 어떤 대응도 하지 못하고, 그 점을 후회한 나머지 아무 일 없었던 거라고 스스로를 설득하려 노력했을 것이다. 이미 당신이 성장하면서 겪어 온 과정이었다. 당신은 당신이 착각하거나 오판한 것이 아니라 상대방이 잘못했다는 것을 알고 있다. 당신은 상대에게 멈추라고 말할 수 있다. 바로 방금처럼 당신은 당신이 그렇게 할 수 있다는 것을 증명했다. 어쩌면 운이 좋았는지도 모른다. 당신은 이제 결혼까지 한 여성이고 상대는 겉으로 봤을 때는 인기가 전혀 없을 것 같은 왜소한 체격인 데다 잃을 것이 많은 명문대생이다. 당신이 그를 제지하는 데 성공했다는 사실에는 변함이 없다. 그러나 또한, 한 번의 승리로 그간 당신이 겪은 상황들이 모두 극복되지는 않는다.

K대생이 떠나고 한 시간 뒤에 돌아온 아이는 또다시 울상이다. 아이 방에 그대로 주저앉아 있던 당신은 그럴 기운이 없으면서도 아이를 먼저 달랜다. 아이가 간식을 요구해 당신은 그제야 거실에 나왔다가 티 테이블 위에 놓여 있는 K대생의 학생증을 발견한다. 당신은 화투 패를 내던지듯 그것을 쓰레기통에 꽂아 넣는다.

이번에는 여자 선생을 알아봐야겠어.

낮에 있었던 일을 남편에게 공유하지 못한 채 당신은 다시 한번 과외 앱을 켠다. 그 일을 생각하면 게임이고 과외고 다 집어치우고 싶은 심정이지만 아이가 또 울먹이며 돌아온 모습을 본 이상 가만히 있을 수 없다. 더구나 당신은 가을에 아이를 전교 어린이 회장 선거에 출마시킬 생각이다. 친구가 좀 적어도 상관없는 것은 보통 애들이나 그렇고, 회장이 되어야 하는 당신 아이는 인기 관리가 필수다. 더욱이 아이가 내심 라이벌 겸 아이돌로 여기는 경헌도 출마를 고려하고 있다고 해서 신경이 쓰인다. 아이가 경헌을 제치려면 그 애가 자신 있어 하는 분야에서 압도하는 것이 무엇보다 효과적일 터이다.

게임 실력이 조금 떨어져도 여자인 게 나아.

당신은 전날 들어온 오퍼 일곱 개 중 두 개가 여자 선생의 것이었음을 상기한다. 챌린저 리그 아이디는 없었지만 누굴 가르칠 만한 실력은 충분히 되는 사람들 같았다.

앱을 켠 당신은 전날에 이어 총 열 개의 오퍼가 들어와 있는 것을 확인하고, 이어 K대생이 남긴 후기를 보고 기함한다. 몸이 조금 스쳤다고 자기를 성추행범으로 몰았다며 이 집에 레슨을 가면 안 된다는 내용이다. 당신은 욕이라도 하고 싶은 것을 간신히 참고 K대생의 후기를 고객 센터에 신고한다.

새로 구한 강사는 다이아 리그 계정을 보유한 S대생 여자다. 학벌은 전날의 파렴치범보다 낮지만 게임 실력은 조금 떨어지는 셈이다. 당신은 전날과 같은 시간에 S대생에게 문을 열어 주면서 속으로 그 여자의 구부정한 어깨와 잡티가 많은 피부와 짙은 눈 밑 그늘에 점수를 매긴다. 행여나 이 사람이 내 아이의 첫사랑이 될 일은 없겠다. 당신은 그런 생각까지 했는데, 그 점이 차라리 마음에 들었다. 무엇보다 마음이 놓이는 점은 전날 같은 일을 일으킬 자지가 여자에게는 없다는 것이다.

아이가 따돌림을 당하게 된 사정을 간단히 설명하고 아이에 대해 소개하자 여자는 당신의 말허리를 자르며 끼어든다.

저는 선생님께 게임을 가르치는 줄 알고 왔는데요.

제가요? 제가 왜⋯⋯.

여자는 생긴 것만큼이나 대화에도 협조적이지 않다. 당신은 티 테이블에 놓인 S대 학생증과 여자를 번갈아 보면서도 영 신뢰를 품지 못한다.

게임이 애들 일이라고 생각하셨으면 어른 강사를 왜 구하세요.

그렇지만 제게 필요한 일이 아니고 저희 애한테 필요한 일인데요.

당신은 애써 웃음 지으며 말했지만 여자는 뜻을 굽히지 않는다.

무슨 말씀이신지는 충분히 알았어요. 그런데 저는 일단 선생님께서 게임을 이해하셔야 아이를 이해하실 수 있다고 생각해요. 아이한테 게임을 가르치고 싶으시면 선생님께서 저에게 배우신 다음에 아이한테 가르쳐 주시는 게 낫다고 봐요. 시간은 좀 걸리겠지만 아이 생각하면 그게 훨씬 나을 거예요. 아이가 부모님이 모르는 게임을 더 잘하게 돼 봤자 부모님하고 거리감만 생기거든요.

저는 게임 같은 건 소질도 없는데요.

당신은 게임을 가르치러 온 선생이 도리어 당신을 선생님이라고 부르는 것을 이상하게 생각하면서 손사래를 친다. 그렇지만 게임 실력과 부모와 아이의 관계를 들먹이는 것을 보아 게임을 가르쳐 본 경험이 풍부한 듯하고, 여자의 설명에 수긍이 가기도 해서 그 제안에 마음이 기운다.

일단 한번 배워 보세요. 오늘은 면접 겸 시범 과외라 페이도 안 받을 거예요. 정 마음에 안 드시면 다음부턴 자녀분하고 제가 직접 만나면 되죠.

여자의 말이 완벽하게 납득되지는 않지만 시험 삼아 해 보는 셈 치고 당신은 아이 방으로 여자를 안내한다. 여자는 과외 교사용 의자를 귀신같이 찾아 들고 와서 당신 옆에 앉는다.

튜토리얼 스테이지를 마치고 처음 플레이한 일반 대전 게임에서 당신은 승리를 거둔다. 선생이 가라는 데로 가고 공격하라는 것을 공격하고 불러 주는 대로 아이템을 사들인 결과다. 당신은 얼떨떨해하며 묻는다.

이렇게 하는 게 맞아요?

네, 예상한 것보다 훨씬 잘하시는데요.

여자는 아첨하는 기색 하나 없이 당신을 칭찬한다. 당신은 얼굴이 달아오르는 것을 느낀다. 그건 당신이 아주 오랜만에 듣는 당신에 대한 칭찬이기 때문이다. 원래 피부가 이렇게 좋으세요? 연예인보다 더 모공이 쫀쫀하신 것 같아요. 손 모델 하셔도 되겠어요. 손가락도 이쁘시고 네일 바디가 잘 잡혀 있어서. 피부과나 네일 숍에서 듣는 칭찬과 달리 방금 들은 칭찬은 당신의 몸이 아니라 당신이 실제로 해낸 일에 대한 것이다.

이런 게임을. A. O. S. 라고 해요. 롤이나 도타나 히오스 같은 게임.

그게 뭔데요?

선생은 간첩이라도 본 듯한 표정으로 당신을 본다.

히오스나 도타는 그렇다 치고 롤도 안 해 보셨어요? 리그 오브 레전드. 2010년대 초반부터 작년까지 쭉 국내 점유율 1위인 게임이잖아요.

남편은 해 봤을 수도 있겠네요.

뭐 안 해 보셨어도 상관없어요. 정리하자면 이 게임은 캐릭터를 하나 골라서 다른 플레이어와 팀을 이룬 다음 미니 맵 안에서 경험치나 금화 등의 보상을 쌓아서 캐릭터를 강화한 후에 상대방의 기지를 파괴하면 돼요. 해 보셨으니까 이해가 되시죠? 선생님은 기본적인 동체 시력이나 반사신경이 좋아서 크게 가르칠 것도 없을 것 같아요. 미니 맵 보고 게임 흐름 판단하는 법을 익히고 아이템 트리만 외우면 금방 느시겠어요.

학습이 빠르다는 칭찬은 아주 오래전에도 들은 적이 있다. 무용을 전공할 줄 알았던 시절. 아직 내게 그 가락이 남아 있는 걸까. 당신은 설레는 마음을 가누며 여자에게 묻는다.

제가 저희 애보다 이 게임을 잘할 수 있을까요?

이런 게임은요, 얼마나 오래 했느냐가 그렇게 중요하

지 않아요. 공부랑 비슷해요. 책상 앞에 오래 앉아 있는
다고 다 명문대 가는 거 아니잖아요. 어떻게 하면 잘하
게 되는지를 최대한 빨리 습득하는 게 중요하죠. 선생님
은 조금만 더 하시면 금방 이 동네에서 제일 잘하게 되
실 거예요.

　여자가 다녀간 날 당신은 아이에게 피자를 시켜 주었
다. 막 여드름이 생기기도 했고 재작년의 소아비만 사태
때문에 한동안 피자는 금지였다. 먹고 싶다고 떼를 쓰면
글루텐프리 호밀 가루와 락토프리 치즈로 당신이 직접
구운 피자만 먹여 왔던, 아이는 손가락을 빨면서 피자
한 판을 혼자 다 해치웠다. 당신은 아이가 마지막 남은
피자 조각을 먹고 방으로 들어가는 것을 확인한 다음
당신의 할 일을 했다. 서재 컴퓨터에 게임을 설치해 게임
을 한 것이다.

　당신은 자정 무렵 남편이 들어오는 소리를 듣고서야
컴퓨터에서 시선을 뗐다.

　당신 뭐 해?

　어, 뭐 공부할 게 있어서.

　당신은 게임 화면을 최소화하고 상기된 얼굴로 남편
을 돌아보았다. 나쁜 짓을 한 것도 아닌데 괜히 부끄러
웠다. 남편은 더 묻지 않고 안방으로 갔다. 딱 한 판만
더 하고 자자. 당신은 다짐했다. 한 판만 더 해서 이기

고, 이긴 기분으로 자자. 그렇게 다짐했는데 그만 져 버렸다. 모르긴 몰라도 당신 탓이 아니라 같은 팀 플레이어 하나가 상대편에게 자꾸 물린 탓인 것 같았다. 두 판을 더 하고서야 승리를 거뒀다. 팀 운이 좋아 쉽게 이긴 것은 좋았는데 평균 플레이 타임에 못 미치는 15분 만에 이겨 버려서 그런지 이기고도 영 개운치가 않았다. 그래서 한 판 더 했다. 이번 판 역시 이기긴 했는데 갈증이 났다.

결국 눈이 뻑뻑해서 잘 감기지도 잘 떠지지도 않을 즈음 컴퓨터를 껐다. 베란다에서 푸르스름한 빛이 새어 들어오고 있었다. 게임을 끄고도 눈앞에서 당신의 챔피언이 오락가락해서 당신은 자주 눈을 비볐다.

벌써 경쟁전 참가 경험치를 다 쌓으셨네요. 하루에 몇 시간씩 플레이하셨어요?

며칠 뒤 찾아온 여자는 당신의 계정 정보를 열어 보고 감탄한다. 그렇게 마다해 놓고 이렇게 열심히 게임을 했다는 사실을 멋쩍게 여기던 당신은 여자의 말이 칭찬처럼 느껴져 배시시 웃는다.

애 학교 가 있는 동안 한 서너 시간 하고 애 재우고 두 시간 정도씩 했나 봐요.

하루 여섯 시간씩 했는데 벌써 경험치가 이 정도면 많이 이기신 것 같네요. 음, 그러네, 승률도 꽤 잘 나왔네.

당신은 숙제를 참 열심히 잘했다는 말을 들은 아이처럼 의기양양해진다.

오늘은 저랑 한번 같이 해 보실래요?

네? 제가 선생님하고 어떻게 대결을 해요.

아직 대결은 안 되죠. 대결 말고 저랑 팀으로 한 판해 보자고요.

그럼 제가 서재로 가서…….

아뇨, 그럼 제가 오더를 제대로 못 드리잖아요. 이 동네 피시방이 어디 있는지 아세요?

당신은 결혼 후 쭉 이 동네에서 살아왔지만 피시방이 어디에 있는지는 모른다. 지도 앱으로 가까운 피시방을 찾아낸 사람은 여자 쪽이다. 당신은 멀뚱멀뚱 눈을 끔벅거리며 여자를 따라 피시방에 들어선다. 학원 빌딩 지하에 자리한 피시방은 고사양 게임용 컴퓨터가 뿜어내는 네온 조명과 게임 효과음으로 요란스럽고, 라면과 구운 오징어와 저질 소시지 냄새를 풍긴다. 흡연실에 서 있는 덩치 큰 남자들이 당신을 노려보는 것 같아서 당신은 고개를 숙이고 여자를 따라 자리에 앉는다. 여자는 일부러 최하위 리그에 점수를 맞춰 둔 계정으로 당신과 팀을 이룬다.

당신과 여자는 무적이다. 여자는 다양한 캐릭터를 플레이하며 당신과 짝을 맞춰 주고, 당신도 여자가 추천해 주는 캐릭터들을 차례로 플레이하며 당신에게 가장 잘 맞는 캐릭터를 찾는다. 여자는 선생답게 자기가 맡은 라인에 걸린 현상금을 하나도 놓치지 않으면서 당신의 라인에 걸린 현상금까지 체크해 주고, 당신 앞에 현상금이 쌓일 때마다 당신이 최종적으로 선택한 캐릭터인 드래곤 걸에게 필요한 아이템을 말해 준다. 당신의 드래곤 걸은 여자와 함께 5연승을 거둔다. 연승 빅토리 메시지가 화면에 뜨자 여자는 당신에게 하이파이브를 청한다.

진짜로 처음 해 보시는 거 맞아요?

하이파이브를 한 손을 맞잡으며 여자가 묻는다. 당신은 경험해 본 적 없는 고양감을 느끼며 고개를 끄덕인다. 여자가 섹시해 보인다. K대생이 당신에게 게임을 잘하는 남자가 매력적이라고 열변을 토했던 기억이 난다. 여자의 눈 밑 깊은 그늘에 피시방 특유의 조명이 고이며 네온블루에서 네온핑크로, 네온핑크에서 네온그린으로 색이 변하는 모습이 신비롭고 아름답다. 드래곤 걸처럼.

그런데 혜지가 누구예요?

당신은 게임을 하던 중에 상대가 부른 이름에 대해 묻는다. 생기가 돌던 여자의 얼굴이 딱딱해진다.

그거 안 좋은 말이에요.

사람 이름이 어떻게 안 좋은 말이 될 수 있어요?

당신은 중학교 때 같은 반이었던 이혜지라는 친구를 떠올린다. 당신과 이웃해 살며 당신의 아이와 같은 키즈 피트니스 센터에 다니는 김혜지라는 아이도 떠오른다. 플레이어들 중 한 명의 이름이 실제로 혜지일 가능성에 대해서도 생각한다. 아는 사람이어서 이름을 부른 게 아니었을까? 하지만 그런 것치고 모욕적인 뉘앙스로 여겨지기는 했다.

운전 못하는 사람한테 김여사라고 하잖아요. 혜지도 그런 말이에요. 게임 못하는 사람한테 너 여자냐?라고 묻는 대신에 그냥 여자라고 단정하고 흔한 여자 이름으로 부르는 거죠. 여자는 게임을 못한다고 생각하니까. 상대방이 남자여도 상관없어요. 여자처럼 못한다는 말이니까 모욕감이 배가되죠.

당신은 여자들이 남자들보다 게임을 못하는 건 맞지 않느냐고 생각한다. 실제로 지금 당신을 가르치는 여자도 K대생보다 낮은 리그에 속해 있으니까.

저, 챌린저 리그하고 다이아 리그는 차이가 얼마나 나요?

당신은 K대생과 여자를 비교하고 있다는 사실을 들키지 않기를 바라며 조심스레 묻는다. 친구로 등록되지 않은 플레이어가 당신에게 대화를 걸지 못하도록 설정을 바꿔 주던 여자는 대수롭지 않은 투로 대꾸한다.

별 차이 없어요. 그거 그냥 줄 서기예요. 다이아 리그가 상위 0.1프로에 드는 플레이언데 그중에서 500등까지가 챌린저에 해당돼요. 승률 0.0001퍼센트 정도 차이

로 챌린저랑 다이아가 왔다 갔다 해요. 저도 혼자 컴퍼
티션 돌리면 하루에도 몇 번씩 승급됐다 강등됐다 하
고요.

여자는 다음 게임의 대기 버튼을 누르고는 덧붙인다.

저는 이 게임 입문하고서는 저보다 잘하는 사람을 만
나 본 적이 없어요. 게임 중에 누가 혜지 소리를 꺼내면
그게 저한테 하는 말이 아니라는 걸 아는데, 너무 화가
나요. 그럼 나도 나보다 게임 못하는 사람한테 아무 남
자 이름을 붙여서 놀려도 되나? 남자들이 나보다 게임
못하는 건 당연하니까?

다음 판에서도 여자는 게임을 말 그대로 찢어 버린
다. 전 판과 달리 대화창에 혜지라는 이름도, 어떤 욕설
도 뜨지 않는 상황에서 당신도 나름대로 활약을 펼친다.

처음 참여한 경쟁전에서 이기면서 당신은 골드 리그
플레이어가 된다. 상위 40퍼센트에 해당하는 승률을 따
냈다는 의미다. 이제 막 게임에 입문한 사람치고는 대단
한 점수다. 여자와 함께해서 그런 것이라고 생각하는 당
신에게 여자는 무엇보다 당신의 재능과 실력 덕이라고
말해 준다. 아이는 브론즈 리그에 속해 있고, 아이가 그
토록 부러워하는 경험은 당신과 같은 골드 리그 플레이
어라는 사실을 당신은 떠올린다.

선생님처럼 다이아 리그로 올라가려면 어떻게 해야
해요?

선생은 씩 웃는다.

계속 이렇게만 하세요.

드래곤 걸 균형 템트리: 초급 마도서, 장미불꽃 인장, 흡혈마 외투, 하이노움 신발, 초급 마도서 팔고 기묘한 고블릿, 참마반월도. 드래곤 걸 폭딜 템트리: 초급 마도서, 군단장의 일갈, 200골드 내고 초급 마도서 중급 마도서로 업그레이드, 검은 마도사의 발걸음, 우리야의 분노, 피의 승전보.

당신은 레시피를 외우듯 아이템 트리를 외운다. 아이템을 사는 몇 초 사이에도 게임의 승패가 갈릴 수 있다는 점에서 템트리를 숙지하는 건 기본이다. 당신이 주로 선택하는 캐릭터인 드래곤 걸을 다른 플레이어에게 빼앗겼을 때나 원하는 라인으로 가지 못하게 되었을 때의 대비책까지 자다 일어나도 읊을 수 있도록 암기한다.

한 달이 지나자 당신의 실력은 팀 운이 그리 따라 주지 않아도 당신 자신의 힘으로 승리를 거머쥘 수 있는 정도가 된다. 이런 것을 캐리라고 한다고 여자가 일러 주었다. 당신은 캐리력이 있는 플레이어다. 그것을 아이에게 알려 주고 싶다. 여자는 몇 번의 수업 이후 더 이상 당신에게 돈을 받지 않고 당신과 함께 이 게임을 한다. 여자의 아이디는 당신의 계정에 친구로 등록되어 있다.

나 회장 선거 안 나가.

9월 말 회장 후보 등록 기간에 아이는 폭탄선언을 한다. 예의 못된 버릇대로 가방을 거실 바닥에 패대기치면서.

이번엔 또 뭐 때문이야?

어차피 나가도 뽑아 주지도 않을 텐데 뭐 하러 나가.

왜 네가 안 뽑힌다는 거야. 엄마라면 지승이 찍을 거야. 착하고 이쁘고 공부 잘하고 춤도 잘 추잖아.

경헌이가 나오는데 애들이 왜 날 뽑아. 내가 잘하는 건 경헌이도 다 잘해. 경헌이는 내가 못하는 것도 잘해. 몇 번이나 말했는데 왜 엄마는 이해를 못 해?

왜 해 보지도 않고 안 나간다는 거야. 선거 나가는 것도 좋은 경험이야.

당신은 좋은 엄마라면 이럴 때 아이에게 그래, 안 나가도 괜찮아, 라고 해야 하는지 포기하지 말라고 다그쳐야 하는지 헷갈린다. 원래 아이는 회장 선거에 관심이 있었다. 왕년의 왕따가 회장으로 선출된다는 것이 어떤 의미인지를 아이도 알고 있기 때문에.

경헌이가 나오지 말라고 했어.

경헌이가 그랬어? 엄마가 경헌이네 엄마한테 전화해 줄까?

아이는 와앙 하고 울음을 터뜨린다.

걔가, 회장 걸고, 게임하자고, 해서, 안 한다고 했어.

당신은 우는 아이 앞에서 웃음을 터뜨리지 않으려고 안간힘을 쓴다.

그냥 해도, 자기가 이길 건데. 원래 자기가, 이기는 걸로, 그러니까, 치사하잖아. 씨발.

우는 아이를 당신은 한동안 내버려 둔다. 엄마 앞에서 씨발 같은 소리를 하는 버르장머리는 어디서 배웠냐고도 해야겠고, 경헌이 그런 걸로 승부를 걸어왔다면 그애도 너한테 질까 봐 두려운 거라고도 해 줘야겠는데, 당신은 한참 동안 울음을 그치지 못하는 아이에게 이렇게 말한다.

그럼 지승이 대신 엄마가 게임해 줄게.

아이는 무슨 소리냐는 듯 당신을 물끄러미 보다가 더 큰 소리로 운다.

엄마가 경헌이를 어떻게 이겨!

엄마 그 게임 잘해. 엄마가 경헌이보다 잘할걸. 회장 걸고 하자고 해. 엄마가 대신 이겨 줄게.

당신은 아이를 데리고 피시방에 간다.

일단 엄마랑 한판 해 보자.

당신은 아이와 친구를 맺고 인공지능 플레이어로 짝을 맞추어 아이와 일대일 대전을 치른다. 제대로 손도 써 보지 못하고 당신에게 진 아이는 한동안 놀란 눈으로 당신을 바라본다. 그러나 고집을 거두지도 않는다.

그래도 경헌이가 엄마보다 잘해.

아이의 말에 당신은 피식 웃음을 터뜨린다. 아이는 경헌을 미워하면서도 동경하기 때문에 경헌이 제 엄마에게 지지 않기를 바라는 것이다. 가장 가까운 어른인 부모를 이겨 먹고 싶기도 하고 또래에게는 더욱더 감정 이입을 할 때니까, 경헌이 지는 것을 자기가 엄마에게 지는 것으로 느끼는 것일 테다. 그렇지만 아이에게는 경헌을 꺾는, 직접 꺾지는 못하더라도 최소한 경헌이 꺾이는 모습을 목격하는 경험이 필요하다. 당신이 이기면 아이는 경헌이 아니라 당신이 자기편이라는 사실을 금세 깨달을 것이다.

그래, 그러니까 경헌이한테 한판 해 보자고 전해. 엄마가 지승이 아이디로 대신 해 줄게. 엄마도 경헌이가 엄마보다 잘하는지 궁금해.

아이는 그제야 경헌에게 당신이 불러 주는 대로 메시지를 보낸다. 회장 출마 자격을 두고 게임하는 거 찬성이라고. 곧 아이 계정에 친구로 등록되어 있는 경헌의 아이디에 푸른 불이 들어온다. 로그인했다는 신호다. 당신은 경헌이 쾌재를 부르는 광경을 상상하며 쾌씸해한다. 시험 성적 대결도 아니고 댄스 배틀도 아니고, 자기가 유리한 걸로 싸우자고 하다니 어디서 못된 것만 배워 가지고. 본때를 보여 줄 거야, 내가 아주. 당신은 아이와 자리를 바꿔 앉는다.

결심대로 당신은 경헌을 완전히 발라 버린다. 첫판은

당신의 주특기 캐릭터인 드래곤 걸로, 두 번째 판은 여자가 가끔 시범을 보였던 하이노프 검사로. 당신은 경헌의 캐릭터를 집요하게 따라다니며 라인 현상금을 한 푼도 먹지 못하게 방해하고 무참하게 처치한다. 당신이 느끼기에 경헌은 그 게임을 전혀 잘하지 못한다. 당신의 아이와 큰 차이를 보이지 않는다. 그런 경헌이 당신과 같은 골드 리그에 속해 있는 것은 순전히 운이거나 경헌역시 누군가의 도움을 받았다는 의미다.

당신의 예상대로 아이는 당신의 승리를 자신의 승리로 받아들이며 언제 이렇게 게임을 잘하게 되었느냐고 묻는다. 당신은 아이의 등을 쓰다듬으며 네게 가르쳐주려고 열심히 연습했다고 말해 준다. 아이는 너무 좋아서 못 참겠다는 듯이 당신의 목을 감싸 안는다.

두 판까지는 나름대로 신사적인 태도를 유지하던 경헌은 세 번째로 도전을 신청하면서 대화창에서 도발을 걸어온다.

야 돼지승
너 대리 쓰냐? ㅋㅋㅅㅂ

아직도 애들이 너한테 돼지승이라고 하니?
당신이 기막혀하며 묻자 아이는 고개를 끄덕인다. 경헌이라는 애, 그렇게 안 봤는데 아주 못돼 먹었구나. 당신은 짐짓 여유로운 체 대화창에 메시지를 쓴다.

　　대리는 돈 받고 게임 대신 해 주는 사람 말하는 거지?

　　나는 돈 안 받는데?ㅋㅋ

　　나는 지승이 XX거든

　　왜 이러지? XX

　　당신은 분명히 '엄마'라고 쳤는데 화면에는 자꾸 그
단어가 지워져서 올라간다.

　　이거 왜 이러지?

　　당신의 말에 아이는 그것도 모르냐는 투로 대꾸한다.

　　채팅창에 욕 치면 블라인드 처리되잖아.

　　그건 엄마도 아는데, 엄마가 욕이니?

　　욕으로 쓰이니까 블라인드 되지.

　　생각지도 못한 일에 부아가 치민 당신은 경헌의 캐릭
터를 확실하게 처치한다. 아이 또래에게 화풀이를 하고
있다는 것을 자각한 당신은 조금 부끄러움을 느낀다.

　　부활한 지 1분도 되지 않은 캐릭터가 순식간에 죽어
버리자 경헌은 또다시 메시지를 보내온다.

　　혜지승 주제에

　　혜지승 돼지승

　　NGUM～

엔지유엠? 이건 무슨 뜻이니?

아이는 조금 망설이다가 그 말의 뜻을 알려 준다. 느검. 느그 어미. 경헌은 대화창에 그 말을 무수히 복사해 올린다.

NGUM NGUM NGUM NGUM NGUM NGUM NGUM

너희들 정말로 엄마를 욕으로 쓰니?

당신의 아이디는 여자가 설정해 준 그대로 친구가 아닌 플레이어와의 채팅을 차단해 두었기 때문에, 당신은 당신의 상태가 욕으로 쓰인다는 것을 알 길이 없었다. 혜지나 돼지는 괜찮고 엄마는 욕이라고? 허탈해진 당신은 다시 대화 입력창을 연다.

열받으면 너도 너네 XX한테 게임해 달라고 해

너네 XX는 이런 거 못 하지?

경헌은 게임을 포기했는지 아이의 휴대폰으로 전화를 걸어온다. 아이는 겁을 집어먹은 표정으로 휴대폰과 당신을 번갈아 본다. 당신은 계속해서 대화창에 엄마를 입력한다. ××. ××. ××. ××. 아이가 당신의 손목을 붙잡는다.

엄마, 엄마라고 그만해. 계속 욕 쓰면 아이디 정지 먹어.

엄마가 왜 욕이야? 내가 네 엄만데.

당신은 마음을 가다듬고 적진으로 들어가 상대의 마지막 수호석을 파괴한다. 아이가 간신히 내뱉은 말이 당신의 귓전을 윙윙 돈다. ××, 울어? ××, 괜찮아? 모니터에는 승리를 알리는 메시지가 뜨지만 당신은 더 이상 승자의 기분을 느끼지 못한다.

미키마우스 클럽

플래시는 나쁜 소리를 내며 터진다. 삶은 달걀을 단단한 것에 내리쳤을 때 나는 소리. 날짐승이 훼손된 날개를 치는 소리. 저항하지 않는 살덩어리를 예리한 것으로 찔렀을 때 나는 소리. 플래시가 터지는 소리는 내가 상상할 수 있는 소리들 모두와 유사하지만 무엇과도 같지 않다. 나는 좀처럼 적당한 비유를 찾아내지 못한다. 너무 많은 빛과 소음 때문에 생각이 자주 멈춘다. 회견장 이곳저곳에서 쉴 새 없이 터지는 플래시는 맑은 강물 위로 난반사된 햇빛을 연상시킨다. 연신 무언가 찌르는 소리를 내며 강물이 흐르는, 어딘가 잘못된 광경이다.

빛이 번쩍 지나가면 이따금 눈꺼풀 속에 먼지가 떨어진 것 같은 느낌이 든다. 굳이 고개를 돌리지 않고도 나는, 바로 옆에 앉은 네가 한쪽 눈을 유난히 자주 깜빡이고 있을 거라는 사실을 안다. 내가 고쳐 주려고 부단히도 노력했던 너의 틱. 말하다 찡긋, 웃다 찡긋, 노래하다 찡긋하는 너의 장애를 대중은 사랑했다.

과거형으로 쓰이는 문장에는 이유가 있는 법이다.

나의 곁에는 너 말고도 세 명의 소녀가 더 앉아 있다. 역시 고개를 돌리지 않고도 나는 그 애들이 짓고 있을 침통하고 비굴한 표정을 알 수 있다. 어린 나이에 맛본 어설픈 성공 탓에 웃자라 버렸으되, 갓 스물 남짓한 나이에 걸맞게 순진하고 멍청하기도 한 아이들. 그 애들은 잘못한 것도 없이 벌을 서는 기분일 것이다. 아이들이 그런 생각을 품었을 때 어디까지 잔인해질 수 있는지를 나는 잘 알고 있다.

아이들은 사전에 지시받은 차례대로 회견문을 낭독한다. 울음 섞인 목소리가 점점 내 쪽으로 번져 온다. 회견문은 특별히 10대 후반에서 20대 초반 소녀들의 감수성과 진정성을 고려하여 어렵지 않은 어휘를 골라 작성한 것이다. 너희는 그 글을 소리 내어 윤독하고서야 이 사태의 의미를 비로소 깨닫기 시작한 듯하다. 데뷔 3년 차 전도유망한 현역 걸그룹의 전격 활동 중단. 우습게도 너희는 오늘로 보다 큰 명성을 얻게 될 것이다. 회사는 이미 멤버들의 개별 활동 계획까지 마련해 놓은 상태다.

한 멤버의 건강 문제라면서, 해당 멤버를 탈퇴시키지

않고 그룹 전체의 활동을 중단하기로 한 까닭은 무엇입니까.

질문에 대한 답은 나의 몫이다. 답변은 이미 준비되어 있지만 고심하는 체하며 시간을 끈다. 이렇게 하면 답변의 진정성을 덜 의심받게 되고, 추가 질문을 회피할 수도 있다. 근래에는 가요계의 정서나 풍토가 상당히 자유로워져 개인의 그룹 탈퇴가 매우 쉬운 일처럼 취급되지만, 우리는 팀워크를 최우선 가치로 여기며 어느 한 멤버가 없으면 우리가 아니라는 생각으로, 멤버들의 동의하에 무기한 활동 중단을 결정했다, 고 나는 말한다. 눈치가 빠른 사람이라면 매뉴얼에 충실한 이 답변에서 회사의 진의를 추출해 낼 수도 있을 것이다. 이를테면 최고 인기 멤버인 너를 탈퇴시키는 게 팀으로서는 오히려 손해이기 때문이라는 입장. 질문한 기자는 석연치 않은 표정으로 다시 입을 열려 한다. 그러나 이어지는 플래시 세례와 다른 기자들의 질문 공세에 그의 음성은 지워지고 만다.

건강상의 문제란 구체적으로 무엇인지,

해당 멤버는 누구인지,

향후 멤버들의 활동 방향은 어떻게 되는지,

질문들은 하나같이 뻔하고 무난하며 회견문의 프레임을 벗어나지 못한다. 상황이 원하는 대로 완벽하게 통제될 때의 만족감이 행여 얼굴에 드러날까, 나는 조금 긴장한다. 사회자가 더 이상의 질문이 없으면 회견을 마치겠다고 선언한다. 웃음을 참기 어렵다.

돌발 상황은 이때 발생한다. 앞자리에 앉았지만 이제 껏 한 번도 질문하지 않은 기자가 손을 번쩍 들고, 사회자의 지목도 기다리지 않고 외친다.

지금 앞에 앉아 계신 매니저분이 멤버 니나 씨의 어머니라는 제보가 있었는데요.

회견장 안이 수런거린다. 입가를 맴돌던 희미한 웃음기가 사라진다. 침착하자. 이건 딱히 알려지지 않았으나 구태여 숨긴 적도 없는, 이 상황과 관계없는 질문이다. 친모가 직접 매니지먼트에 관여하는 연예인은 너 말고도 많다. 내가 딱딱해진 얼굴로 마이크를 집어 들자 기자는 큰 소리로 재차 외친다. 니나 씨가 직접 답변해 주시죠. 너는 내가 말릴 틈도 없이 고개를 끄덕인 뒤 내 마이크를 빼앗아 간다.

네, 맞아요.

수그러들었던 플래시 소리가 다시 회견장 안을 메운다. 박수 소리 같기도 하고 땅에 대고 헛발질을 하는 소리 같기도 하다. 아니라고 했어야지. 나는 이를 악물며 너에게만 들리게 중얼거린다. 그런데 정말 모녀지간 맞아? 순간 청중들의 모습이 파도에 휩쓸린 것처럼 울렁거린다. 하나도 안 닮았잖아. 플래시는 이제 색종이처럼 조소를 뿌리며 터진다. 식은땀이 난 등줄기를 옷 위로

긁자 둔탁한 작열감이 오래 남는다. 곁눈질로 바라본 너는 순진무구한 표정으로, 이따금 한쪽 눈을 악의 없이 깜빡이며, 양손으로는 마이크를 꼭 쥐고 있다. 손에 든 것을 그만 빼앗아야겠다고 생각하기도 전에 같은 기자가 또 한 번 질문을 던진다 자신감과 승리의 예감에 도취된 얼굴이다.

나는 그의 말이 시작되기도 전에 그게 아주 나쁜 말이라는 사실을 안다.

순간 동시에 충족하기 어려운 두 가지 충동이 머릿속을 시끄럽게 한다. 나는 너의 입을 막고 싶고, 그 이상으로 기자의 발언 또한 저지하고 싶다. 찰나가 지나기도 전에 나는 좋은 방법을 찾아낸다.

나는 너의 손에서 마이크를 빼앗아 기자에게 던진다.

회견장은 아수라장이 된다. 콧잔등과 왼눈 사이를 정통으로 맞은 기자가 주저앉고, 기자 주변에 있던 사람들이 모두 한 발짝씩 물러나는 바람에 무리에 큰 파문이 생긴다. 그사이에도 플래시는 어김없이 터진다. 나는 기자들의 성능 좋은 카메라가 허공에 정지한 마이크를 찍었을지 조금 궁금해진다. 마이크가 날아가 기자의 코에 부딪치며 냈을 소리야말로, 플래시가 터질 때의 그 소리와 유사할 것이라는 생각도 잠시 든다.

나는 구둣발로 탁자를 넘어가 단상 아래로 뛰어내린다. 기자들은 쓰러진 기자를 보호하려는 듯 나를 막아

선다. 그는 피를 흘리고 있다. 사회자는 황급히 회견 종료를 선언한다. 회견장 뒷문으로 빠져나가는 너를 향해 플래시가 저격수의 총알처럼 날아들고 나는 다른 기자들의 손에 붙들린 채 네가 나가는 모습을 본다. 너는 끝내 무사할 것이다.

만 열일곱 살에 데뷔한 너는 데뷔한 지 3년이 지난 지금도 여전히 열일곱 살이다. 데뷔 당시 프로필상 나이를 세 살 늘렸기 때문이다. 너는 또래의 백인 혼혈아들 중에서도 꽤 조숙한 편이었고 너의 나이를 의심하는 사람은 지금껏 없었다. 특별히 손쓴 것이 없음에도 미디어는 알아서 열네 살의 너에게 나이답지 않게 순수하고 천진난만한 열일곱 살 소녀의 이미지를 덧씌웠다.

너에 대한 기사들을 수집할 때면 가끔 너와 내가 사랑하던 디즈니 애니메이션의 공주들이 떠올랐다. 그들은 제각각의 매력을 지니고 있었지만 모두 선하고 아름다우며 생각보다 어리다는 공통점을 가지고 있었다. 디즈니의 첫 장편 애니메이션 주인공인 백설공주는 불과 열네 살이다. 데뷔 당시의 네 나이와 같다.

굳이 따지자면 너는 여러 가지 면에서 아이돌 스타보다 만화 속의 주인공에 더 가까웠다. 그중에서도 천연스러움이야말로 다른 누구도 흉내 낼 수 없는 너만의 것이라고 나는 생각했다. 정말로 아무것도 모르고 무엇도

욕심내지 않으며 누구도 원망하지 않는 사람만이 너와 같은 표정을 지을 수 있다. 아베 마리아. 신의 아그네스. 나는 성녀의 반열에, 또는 디즈니 프린세스의 목록에 너의 이름을 올려야 한다는 믿음을 가지고 있다. 너는 타고난 재능과 아우라와 카리스마를 가졌다.

어쩌면 그것들은 모두 너의 무지함에서 비롯된 것인지도 모른다. 너는 엔터테이너로서 보기 드문 재능을 가졌으나 혼자서 자판기 음료수도 뽑지 못할 만큼이나 현실감각이 떨어졌다. 어쩌다 난처한 일이 생겨도 요령 좋게 거짓말 한 토막 할 줄을 몰랐다. 나로서는 그 모든 것이 만족스러웠다. 자랄수록 너는 알게 모르게 나를 의존하게 되었고 그것이야말로 내가 바라던 바였다. 정작 내가 걱정하는 것은 네가 아름답다는 사실이 아니라 아름다운 만큼 까다롭게 굴지를 못한다는 것이었다.

보자, 미국 시민권자시구나?

나는 대답하지 않는다.

이야, 언론학 박사시고.

나는 대답하지 않는다.

아니, 폭행으로 입건되셨으니 합의받기도 바쁠 텐데. 묵비권 행사하시게?

형사는 눈을 가늘게 뜨며 이죽거린다. 그는 나를 어떻게든 도발하려 작정한 듯하다.

배울 만큼 배운 분이 기자님을 패고 들어와. 대단하네.

나는 대답하지 않는다.

근데 인터넷 보니까, 아줌마가 니나 엄마라면서요? 야, 니나는 무슨…… 돌연변이인가 봐?

나는 자리를 박차고 일어난다.

아줌마, 살살 좀. 의자 부술 일 있어?

형사 뒤편에 있는 텔레비전에서 네가 나오고 있다. 너의 표정은 다소 난처해 보인다. 뒤이어 너를 향해 무례한 질문을 던지는 기자의 뒷모습이 나온다. 다음 순간 피를 흘리며 쓰러진 기자는 이제 모자이크로 얼굴을 가린 채 병원 침대에 누워 있다. 병실 문밖에는 다른 기자들이 장사진을 이루고 있다. 합의는 쉽지 않을 것이다. 그리고 나는 합의를 원치 않는다. 내가 원하는 것은 기자의 입을 막는 것이다. 그는 뭔가 알고 있다. 그 예감이 못내 나를 불안하게 한다.

병상의 기자 다음으로 등장한 것은 피부가 희고 몸집이 우람하며 눈매가 사나운 여자다. 형사는 내가 자기 뒤의 텔레비전을 보고 있다는 사실을 뒤늦게 알아채고 텔레비전 속의 비대한 여자와 나를 번갈아 본다.

아줌마 화면발 자알 받네.

화면 속의 여자는 순간 추해 보일 만큼 얼굴을 일그러뜨리더니 너의 손에서 마이크를 빼앗아 던진다. 나는 테이블을 넘어 단상 밑으로 뛰어 내려오는 나의 모습을 착잡한 심정으로 바라본다. 화면 속의 나는 치마를 코끼리의 귀처럼 펄럭이며 어디로든 날아가 버릴 듯하다.

나는 희고 살이 쪄 한 무더기의 누에벌레처럼 보이는 손가락을 오므려 주먹을 쥔다. 불행하게도 지금의 나는 던질 것이 없다.

너를 키운 것은 8할이 디즈니의 클래식 애니메이션이다. 나의 유년 시절이 온통 미키마우스 클럽으로 차 있었던 것처럼. 나는 이것이 디즈니 콘텐츠의 순기능 중 하나라고 생각한다. 만화영화를 볼 때면 너와 나는 모녀가 아니라 자매가 된 것 같았다.

갓 말을 배우기 시작할 때의 너는 공주 시리즈보다 동물들이 나오는 애니메이션을 더 선호했다. 네가 가장 좋아한 작품은 판타지아와 덤보. 네가 처음 말을 하던 순간을 나는 곱씹어 본다. 낡은 텔레비전과 소파가 거의 닿을 듯이 놓인 작고 허름한 거실, 나는 소파에 너를 앉혀 놓은 채 부엌으로 가 있었고, 하도 많이 보아서 이미 늘어날 대로 늘어난 덤보 비디오를 다시 보던 너는 어느 순간, 텔레비전 소리를 묻어 버릴 듯이 커다란 소리로 외쳤다.

마마!

놀란 내가 달려갔을 때 너는 텔레비전을 향해 손가락질을 하며 쉬지 않고 중얼거리고 있었다. 마마, 마마, 마

마. 네가 가리키고 있던 것은 코끼리 덤보의 친구인 생쥐 티모시였다.

저게 너의 마마, 라고?

화가 난 내가 소파를 발로 걷어차자 너는 소스라치게 놀라더니, 딸꾹질처럼 반복하던 마마 타령을 멈추고 드디어 제대로 된 단어를 발음했다.

마마, 마우스.

처음에 나는 네가 저능아라고 생각했다. 너는 말을 배우는 것부터가 몹시 늦되었고 아무리 가르쳐도 왼쪽과 오른쪽을 구분하지 못했으며 지나치게 자주 울음을 터뜨렸다. 고학력의 미혼모인 나에게 자식이 멍청하다는 사실은 견디기 어려운 형벌과도 같았다.

그러니까 처음부터 너를 가수로 키우려던 것은 아니었다.

정확히 말하자면 나는 너를 계속 키울 자신이 없었다. 적당한 때를 보아 플로리다에 있는 내 양부모에게 너를 맡기든지, 정 안 되면 어디든 입양이라도 보낼 심산이었다. 임신 22주 차에 이르러 너를 가진 것을 처음 알았을 때, 나는 이미 심한 임신중독으로 몰라보게 비만해진 데다 그것을 스트레스 탓으로 오인한 나머지 식욕억제제를 복용하기 시작한 터였다. 너의 탄생은 나에게 재앙을 의미했다.

항상 폭발 직전이던 너와 나의 관계가 그나마 조금씩

개선되기 시작한 것은 너의 말문이 트이던 그 무렵부터였다. 네가 처음으로 발음하고자 한 단어가 마우스라는 사실이 내가 의도적으로 잊고 있었던 유년 시절을 오랜만에 떠올리게 만들었다.

나의 양부모는 88올림픽 때 서울을 방문한 것을 계기로 한국 여자애를 하나 입양하기로 결정했다. 보육원의 다른 아이들에 비해 빼어나게 예쁜 것도 튼튼한 것도 아니었던 내가 선택된 것은 순전히, 아직 국민학교에 들어가지 않은 아이들 중 유일하게 알파벳을 깨친 덕이었다. 쉬 스피크 잉글리시. 보육 교사가 나를 떠밀었고 나는 매 맞으며 외운 트윙클 트윙클 리틀 스타를 발작적으로 노래했다.

이미 성인이 된 딸과 고등학교에 다니는 아들을 가진 양부모는 손이 많이 가는 아이를 원치 않았다. 나는 주로 텔레비전을 보면서 시간을 보냈고 가족들의 예상보다 빠르게 영어에 익숙해졌다. 양부모는 그 뒤로도 한참 동안 내 귀가 트였다는 사실을 알아채지 못했다. 이따금 그들은 내 뒤에서 성급하게 입양을 결정한 자신들의 충동을 탓하며 투덜거렸다.

그런 와중에도 나는 나름대로 행복했다. 미국인이 된 나의 유일하고도 절박한 소망은 텔레비전 쇼 미키마우스 클럽의 출연진인 마우스케티어가 되는 것이었다.

미국의 모든 재능 있는 아이들이 미키마우스 클럽에 출연해 기량을 뽐냈다. 월요일에는 최신 유행 팝송을 부르고, 화요일에는 당대 최고의 인기를 구가하는 스타를 초대해 토크쇼를 하고, 목요일에는 만화 캐릭터와 유명 인사들이 등장해 파티를 벌이고, 금요일에는 최고의 마우스케티어를 뽑아 명예의 전당에 입성시켰다.

내가 항상 기다린 것은 수요일이었다. 수요일은 무슨 일이든 일어날 수 있는 날, Anything Can Happen Day였다. 마우스케티어들이 스튜디오를 벗어나 미키마우스 클럽 팬들을 찾아가는 것이 수요일의 주된 테마였다. 마우스케티어들은 생일을 맞은 아이에게 서프라이즈 파티를 해 주기도 했고 친구와 화해하고 싶어 하는 아이를 도와 이벤트를 벌이기도 했다. 나는 언젠가 수요일 미키마우스 클럽에 내가 나오리라고 믿었다. 찍은 적도 없는 방송이 나올 리 없는 노릇이지만, 그때의 나는 어째서인지 나도 모르게 촬영된 내가 나올지도 모른다는 이상한 믿음에 굳게 사로잡혀 있었다.

휴대폰을 압수당하기 전 단 한 번의 통화를 허락받는다. 회사에 전화를 걸어 앞으로의 매뉴얼을 지시하든지, 너에게 전화를 걸어 너의 상태를 확인할 수 있다. 한 가지는 포기해야 한다. 내가 고민하는 기색을 보이자 형사는 다시 이죽거린다.

전화 걸 데 없어요?

생각 끝에 너에게 전화를 건다. 너의 통화 연결음은 인어공주의 삽입곡 Part of Your World다. 데뷔한 지 얼마 지나지 않아 출연한 황금 시간대 예능 프로그램에서 너는 개인기 삼아 그 노래를 불렀다. 모처럼 좋아하는 노래를 불렀는데 왜 취향이나 가창력이 아닌 영어 발음이 화제가 되는지를 너는 끝내 이해하지 못했다. 나는 너에게 한국에서 영어 실력이 갖는 의미를 군이 설명하지 않기로 했다. 어쨌든 그 노래를 부른 후 너는 만연했던 백치 이미지를 조금이나마 벗을 수 있었다.

안 받는구나.

형사는 혀를 찬다. 나는 40초짜리 통화 연결음을 끝까지 듣고 한 번 더 듣는 참이다. 늦은 점심이라도 먹고 있는 것일까. 피트니스 센터에 갔는지도 모르지. 나는 화를 꾹꾹 눌러 참으면서 네 알리바이를 스스로 만들어 본다.

곁눈질로 본 시계는 3시를 가리키고 있다. 기자회견이 오전 11시였고 12시 조금 넘어서 연행되었으니 겨우 세 시간쯤 지난 셈이다. 유치장 안에 모로 앉아 텔레비전을 본다. 네가 나온 예능 프로그램이 재방송되고 있다. 나를 취조한 형사는 네 목소리를 듣고 텔레비전 음량을 키운다. 그날의 테마였던 추억의 장소에 대해 네가 말하고 있다.

제가 생각하는 추억의 장소는, 디즈니월드예요.

엠시와 게스트들은 짧은 어휘에서도 드러나는 너의 세련된 영어 발음에 오오, 하고 감탄한다. 메인 엠시가 너를 보고 귀여워 죽겠다는 듯한 표정을 지으며 이유를 묻는다. 너는 유치원생 같은 말투로 열심히 사연을 주워섬긴다. 어김없이 너의 한쪽 눈꺼풀은 불규칙한 리듬으로 깜빡인다. 다그치고 꾸짖을수록 너의 틱은 심해졌다. 지금처럼 이따금 윙크를 하는 듯 보일 만큼 나아지는 데에는 오랜 인내가 필요했다.

아주 어렸을 때 딱 한 번 엄마랑 디즈니월드에 갔는데요, 공주님들도 많고 미키마우스랑 도널드덕이랑 구피가 있어서 너무 좋았어요. 무서운 놀이 기구도 많이 타고요. 근데 디즈니월드에 가면 어느 가족이나 카메라를 들고 있잖아요. 왠지 엄마랑 나한텐 카메라가 없는 거예요.

메인 엠시가 함박웃음을 지으며 장난스러운 멘트를 던진다. 안 샀으니까 없겠죠. 인공적인 웃음소리와 박수 소리 효과음이 지나간다. 중견 개그맨 게스트가 끼어든다. 정말 카메라를 안 가져갔어요? 느닷없는 질문에 네가 당황한 기색을 보이자 메인 엠시와 나머지 게스트들이 개그맨에게 야유를 보낸다. 개그맨은 평소 토크쇼에서 남의 말에 토를 달거나 핀잔을 줘서 웃음을 자아내는 것으로 악명이 높다. 니나 씨가 거짓말이라도 한다는 겁니까? 메인 엠시가 네 역성을 들자 개그맨은 그런 게 아니고, 손사래 치며 말을 잇는다.

그 왜 있잖습니까, 안 좋은 맘을 먹고 마지막으로 놀이공원에 간 가족에게는 카메라가 필요 없다는 얘기. 나중에 되돌아볼 추억을 남길 이유도 없고, 마지막으로 즐기려고 온 거니까.

개그맨의 말도 그렇거니와, 나머지 게스트들이 팔에 돋은 소름을 털며 호들갑을 떠는 바람에 나는 조금 불쾌해진다. 너는 진지한 표정으로 다시 이야기를 한다.

아니, 아니에요. 근데 카메라가 없어서 내가 너무 슬퍼하고 있는데…… 갑자기 모든 사람이 나를 향해서 카메라를 드는 거예요.

한순간 정적이 감돈다. 조금 뒤 메인 엠시가 너털웃음을 터뜨리며 수습에 나선다.

에이, 니나 씨. 너무 어릴 때 일이라서 뭔가 헷갈리는 거 같은데.

좀처럼 화를 내거나 고집을 세우는 법이 없는 너는 갑자기 발끈하며 도리질을 친다.

진짜예요. 여러분, 니나는 거짓말 안 해요, 절대로. 진짜 있었던 일이에요.

엠시들과 게스트들은 얼굴이 빨갛게 달아오른 너를 향해 야유를 퍼붓는다. '니나의 순진한 착각'이라는 자막이 화면 속의 상황을 거든다. 너는 주먹을 꼭 쥔 양손을 바둥대며 외친다.

진짜, 진짜라고요! 그때 처음으로 스타가 되고 싶다고 생각했는걸요. 모든 카메라가 저를 찍고 있는 게 좋아서요.

끝에 가서 너는 도장을 찍듯 한쪽 눈을 감는다. 출연자들은 허무맹랑한 네 이야기에 맞장구를 치지도 어깃장을 놓지도 못하고 어영부영하다가 다른 이야기로 넘어가 버린다.

확신에 찬 너와 다르게, 나는 너를 데리고 디즈니월드에 갔던 기억을 제대로 떠올리지 못한다. 분명히 갔던 것 같기는 한데, 시간상으로도 이게 더 최근의 일인데, 어쩐지 내 유년의 디즈니월드와 중첩되어 잘 분리되지가 않는 것이다.

그런데 쟤는 왜 저렇게 귀여운 척을 하나 몰라.

젊은 여경이 중얼거린 말에 나는 문득 고개를 든다. 여경은 나를 취조하던 형사에게 말을 걸고 있다.

남자들 정말로 저런 거 좋아해요? 무슨 유치원생처럼 말하고 있잖아요. 쟤 한국말 하는 거 무슨 정박아 같지 않아요?

형사는 여경을 한참 쳐다보다가 나를 가리킨다.

말 조심해. 저 아줌마가 니나 엄마래. 아줌마 성격 보통이 아냐. 여기 온 것도 니나 괴롭히는 사람 패고 들어왔다 이거야. 알고나 말하라고.

여경은 나를 흘끗 보고는 피식 웃는다. 형사도 뭐가 재미있는지 실실 웃으며 나를 본다. 나는 이럴 때 굴욕감을 다스리는 좋은 방법을 안다. 이런 건 아무것도 아니라고 생각해 버리는 것이다. 이 방법은 늘 효과가 좋다. 겪어 왔던 일들에 비하면 정말로 이런 것쯤은 아무렇지 않다.

내가 마우스케티어 선발 오디션에 참가하기로 마음먹은 것은 여섯 번째 시즌을 앞두고 공개 모집 광고가 시작된 때였다. 미국 전역에서 대대적인 오디션이 시행될 예정이었다. 문제는 양부모를 설득하는 일이었다. 나는 양부모가 거세게 반대할 경우 일주일에 한 번씩 아버지의 차를 세차하고 응접실 카펫 청소를 하겠다는 조건을 내걸 작정이었다. 예상과 다르게 양부모는 순순히 나를 오디션 장소에 데려가 주었다. 내가 오디션에 나가겠다고 선언했을 때 그들은 조금 신난 것처럼 보이기까지 했다. 나는 그들이 원하는 것 이상으로 입 댈 것 없는 아이가 된 대신에 기르는 재미도 별로 없는 아이가 되어 있었던 것이다.

나는 오디션에서 선보일 장기로 카펜터스의 노래와 줄리 앤드루스 스타일의 눈물 연기를 준비했다. 캐런 카펜터처럼 흰 원피스를 차려입고 어머니의 스카프를 매자 꽤 그럴싸한 모습이었다. 오디션 장소에 도착해 2000명이 넘는 참가자들을 보았을 때는 조금 주눅이 들기도 했지만 금세 마음을 다잡을 수 있었다. 때는 1992년도였고 대세는 댄스뮤직이었다. 아이들 태반은 마이클 잭슨과 마돈나를 모방한 차림이었다. 나는 희소성 차원에서 나의 승리를 확신했다. 오래전부터 나는 이미 나를 프로듀싱해 왔던 것이다.

얌전히 줄을 서서 차례를 기다리던 내게 콜라를 엎지른 것은 마이클 잭슨 분장을 한 백인 소년이었다. 날은 더웠고 불쾌지수는 높았다. 내가 악을 쓰자 근처에 서 있던 어린아이들 몇이 놀라서 울음을 터뜨리거나 오줌을 지렸다. 마이클 잭슨은 그다지 미안해 보이지도 않았다. 한술 더 떠 집게손가락으로 양 눈을 빼죽하게 늘이며 동양인인 나를 조롱하는 제스처를 취하기까지 했다. 나는 분노에 차 일회용 스프레이로 물들인 마이클 잭슨의 검은 머리를 쥐어뜯었다. 나보다 한 뼘은 더 큰 마이클 잭슨이 소리를 지르며 울기 시작했다. 캐런 카펜터 스타일의 흰 원피스는 콜라와 염색 스프레이 범벅이 되어 빨아도 가망이 없을 만큼 얼룩졌다. 소란이 커지자 인이어 마이크를 쓴 중년 여자 스태프가 내 쪽으로 달려왔다. 그 여자는 노골적으로 피곤한 표정을 짓고 있었다.

네가 문제구나.

나는 마이클 잭슨을 가리켰지만 여자는 나를 말썽쟁

이로 지목했다.

나쁜 아이는 마우스케티어가 될 수 없어.

나로서는 그 이상으로 무서운 선고를 상상할 수 없었다. 여러 가지 말이 안에서 뒤엉켰다. 내 잘못이 아니에요. 잘못한 건 마이클 잭슨이에요. 누구나 마우스케티어가 될 수 있어요. 나는 말썽쟁이가 아니에요. 나는 마우스케티어가 될 수 있어요. 마이클 잭슨은 마우스케티어가 될 수 없어요.

우느라 제대로 말을 잇지 못하는 나에게 그 여자는 끝내 퇴장을 명령했다. 내가 제자리에서 버티자 여자 스태프는 멀찍이에서 기다리고 있던 나의 양부모를 불렀다. 양부모는 이따금 나를 곁눈질하며 믿을 수 없다는 표정으로 여자의 말을 들었다. 결국 양부모는 나를 데리고 나가는 것에 동의했다. 여자 스태프는 나에게 다가와 내 머리를 쓰다듬으며 말했다.

이걸 알아야 돼. 쥐는 세상에 얼마든지 있지만 모두가 미키마우스가 될 수 있는 건 아니란다.

나는 여자가 마음을 바꿔 다시 오디션을 보게 허락해 줄지도 모른다는 희망을 아직 버리지 않은 채였다. 무슨 뜻인지 잘 알지도 못할 말을 들으며 고개를 크게 끄덕인 것은 그래서였다. 여자는 한숨을 내쉬더니 말을 이었다.

그중에서도 나쁜 쥐는 절대로 미키마우스가 될 수

없지.

여자는 인이어 마이크 위에 미키마우스의 검고 커다란 귀가 달린 챙 모자를 덮어썼다. 나는 그 여자가 멀어져 가는 모습을 우는 것도 잊고 지켜보았다.

로드 매니저가 변호사를 대동하고 찾아온 것은 오후 5시경의 일이다. 그때껏 나는 너와 함께 디즈니월드에 갔을 때를 기억해 내려 애쓰고 있던 참이다. 땀이 번드르르해 더없이 난처해 보이는 로드 매니저의 얼굴을 보자 갑자기 상황의 심각성이 체감된다. 접대차 몇 번 마주한 적이 있는 회사의 담당 변호사는 상대적으로 침착한 모습이다.

니나는 괜찮아?

로드 매니저는 면회석에 앉자마자 너의 안부부터 묻는 내게 질린 듯하다.

걔는 애가…… 매번 느끼지만, 이상하게 독해요. 정신세계가 독특한 건가? 일이 이렇게 됐는데 아무 생각도 없어 보여.

나는 예상과 한 치도 다름없는 그의 말에 안도하고 절망한다. 너는 무사할 것이다. 내가 어떻게 되든지, 끝내, 너는 무사할 것이다. 그것으로 충분하다고 나는 생각한다.

변호사의 전망은 한층 비관적이다. 변호사는 친절하

지만 사무적인 어조로 현 상황의 난점을 브리핑한다. 내게 얻어맞은 기자는 합의를 원하지 않으며 내일 오전 퇴원 직후 너에 대한 정보로 기자회견을 벌일 예정이라는 소식이다. 나는 합의보다 기자회견을 막는 게 급하다고 하지만 변호사의 생각은 다른 듯하다. 웬만한 일이라면 벌써 훈방 조치를 받았겠지만 공식 석상에서 기자를 폭행한 데에 대해 매우 나쁜 여론이 일어, 조금 과하다 싶어도 어쩌면 강제 출국까지 당하는 수가 있다는 것이다. 그것도 나쁘지는 않다고 나는 말한다. 최악의 경우에는 너를 데리고 미국으로 돌아가는 것도 생각해 볼 만한 일이다.

아니죠. 니나는 이번 달 스케줄까지는 하고 가야죠.

로드 매니저는 정색을 한다. 나는 변호사를 바라본다. 변호사도 그의 말이 옳다고 생각하는 기색이다. 나는 불현듯 심한 피로를 느낀다.

그럼 여기선 언제 나갈 수 있는 거죠?

아무래도 내일 아침까지는 지켜봐야겠죠.

여태껏 자신만만한 태도였던 변호사가 갑자기 말끝을 흐린다. 나는 부쩍 초조해진다.

그 기자가 터뜨릴 거라는 애기는 뭐 같아요?

로드 매니저는 뒤에서 지켜보는 경찰을 흘끗 쳐다보고 유리창 위에 손가락으로 글씨를 쓴다. 나이? 아이? 나는 알아보지 못했다는 표시로 고개를 가로젓는다. 핏

기가 가신 손끝이 다시 한번 유리창을 힘 있게 문지른다. 나의 아이, 너의 나이. 갑자기 마음 한 켠에서 문제 될 것이 무엇인가 싶은 이상한 긍정이 샘솟는다. 극심한 고통을 겪을 때 뇌는 쾌감을 일으키는 호르몬을 분비한다. 뿌연 시야 가운데 로드 매니저와 변호사는 심해어처럼 쉬지 않고 입을 놀리고 있다.

밤새 경찰서 구석의 조그만 유치장은 당직자가 밝혀 놓은 불로 환하다. 나는 불빛과 차가운 바닥과 오랫동안 잊고 지냈던 디즈니월드에 대한 생각에 잠들지 못한다.

나의 양부모는 어이없이 실격당한 나를 위로하기 위해 디즈니월드의 테마파크 중 하나인 매직킹덤에 데려 갔다. 원래는 오디션을 무사히 마친 것을 기념하여 서프 라이즈 이벤트를 해 주려는 계획이었겠지만, 어차피 나로서는 어느 쪽이든 별로 상관없었다.

느닷없이 춤을 추거나 덤블링을 하는 피터팬. 여자아 이들 앞에서 수줍음을 타며 엉덩이를 흔드는 미키마우스. 다정히 얼굴을 감싸 주며 너도 공주구나, 반가워 하고 인사하는 신데렐라. 커다랗지만 등신 비와 디테일이 치밀한 구피. 나는 마술 양탄자나 바다 아래를 테마로 만든 어트랙션보다 그런 것들에 더 흥미를 느꼈다. 너무 도 잘 훈련받은 나머지 연기인 것도 잊게 만드는 디즈니 월드의 캐릭터들. 하지만 그런 것들보다 더욱 또렷하게 기억에 남아 있는 것은, 하얀 도널드덕의 탈이 벗겨진 순간 험상궂게 생긴 남자의 머리통이 나온 일이다. 여러모로 나쁜 농담 같지만 내게 그것은 끔찍한 현실이었다. 이 기억에 이르러 나는 어렴풋이 너의 마음을 이해한다. 조롱과 비웃음에도 불구하고 네가 고집을 꺾지 않은, 수많은 카메라들에 대한 너의 환상을.

오디션 이후로 미키마우스 클럽과 마우스케티어에 대한 나의 애착은 급격히 허물어졌다. 여섯 번째 시즌의 마우스케티어로 선발된 재능 있는 아이들은 자라서 브리트니 스피어스와 저스틴 팀버레이크가 되었다. 나는 다만 내 앞에 서 있던 마이클 잭슨이 마우스케티어가 되지 못했다는 사실에 만족하기로 했다.

나이를 먹으면서 나는 디즈니보다 폭스 채널의 시니컬한 애니메이션들에 흥미를 갖게 되었고, 좀 더 자라서는 아예 애니메이션 자체를 보지 않게 되었다. 내 취향이 디즈니로 회귀한 것은 아주 오랜 시간이 흘러 너를 낳고 조금 지난 뒤의 일이었다.

내가 좋은 매니저였는가에 대한 스스로의 대답은 긍정적이다. 반면 엄마로서는 좋은 점수를 받으리라는 확신이 없다. 나는 늘 모질고 서툴렀으며 많은 순간 친모로서보다 전문가로서 너를 사랑했다.

너를 가진 것을 알았을 때부터 네가 걷고 뛰기 시작할 무렵까지 몇 번의 자해와 자살 기도가 있었다. 나는 높은 학업 성취도에도 불구하고 무직의 비대하고 자존감 낮은 미혼모가 될 스스로를 견딜 수 없었다. 임신 당시 실패한 자살 기도 때문에 네 지능이 낮아진 거라 죄책감을 느끼면서도 장애를 가진 아이를 끝까지 키울 자신은 도저히 없었다. 갓 말을 배운 네가 나를 엄마라고 부르기 시작하자 완전히 미치고 말 것 같았다. 매 순간이 위기였다. 무수한 자살 계획과 몇 번의 실행이 단 한 번도 성공하지 못한 것은 너를 사랑해서가 아니라 내가 겁이 많았기 때문이다. 어리고 아름다우며 순수한 네가 아닌, 낡고 비만하여 볼품없는 내 몸을, 스스로 걱정했던 탓이다.

나는 마침내 봉인된 기억 하나에 도달한다. 토크쇼에서 너의 이야기에 딴지를 건 개그맨의 말은 어느 정도 옳다. 막 뜀박질을 시작한 너를 데리고 디즈니월드 리조트에 갔던 그날 나는 가방 속에 카메라 대신 차이나타운에서 구한 환각제 꾸러미를 지니고 있었다. 너는 평소 그다지 영민한 편이 못 되었지만 확실히 어딘가 비상한 감각을 가지고 있기는 했다. 우리가 카메라를 가지고 있지 않다는 사실을 너는 금세 알아챘던 모양이다. 그때 이미 너는 나의 의도를 직감했던 것일까.

해 질 무렵까지 쏘다니던 우리는 리조트 근처의 테마 호텔에 들어갔다. 형편없는 식사를 마치고 방으로 올라갔을 때 침대에는 촌스럽고 선정적인 포카혼타스 의상이 놓여 있었다. 의미도 잘 모르면서 그것을 입고 싶어 안달하는 너를 굳이 말리지 않았다. 싸구려 목걸이와 탱크탑을 겨우 걸치고 뺨에 립스틱을 두 획 그어 바른 너는 포카혼타스보다 타이거 릴리에 가까웠다.

어떻게 너에게 환각제를 먹였는지는 잘 기억나지 않지만, 숨이 불규칙해질 때까지 너의 얼굴을 토이 스토리 로고가 박힌 쿠션으로 꾹 누르고 있던 것은 어렴풋이 떠오른다. 마마, 마마……. 너는 가냘프고 달뜬 목소리로 나를 불렀다. 나는 이상할 만큼 자극적인 너의 신음을 들으며, 계속 오르락내리락하는 너의 흉통을 보며 과연 이렇게 하면 정말로 죽는 건가를 의심했다. 너는 끈질기게도 살아 있었다.

결국 나는 자포자기하는 심정으로 남은 환각제를 모두 삼켰다. 효과는 즉각적이고 강렬했다. 나는 죽으려고 발버둥 치는 대신 넋을 잃고 너를 바라보았다. 환각 속에서 너는 웅크린 채 잠든 커다랗고 하얀 쥐였다. 나는 만화경 같은 시야 속에서 어떻게든 너를 붙잡으려고 팔을 내저었다. 아직 어려서 나에게 아무런 해도 끼칠 수 없는 네가, 너무도 미워서 나는 그만 죽어 버릴 지경이었다. 아무리 애를 써도 너는 끝내 잡히지 않고, 나는 땀과 눈물과 콧물로 엉망진창이 된 채 언젠가 들은 말 한마디를 천천히 발음한다. 세상에 쥐는 얼마든지 있지만 모두가 미키마우스가 될 수 있는 건 아니란다.

그 말을 들은 너는 두 발로 일어서더니 흰색의 미키 마우스로 변했다.

동틀 무렵 슬그머니 잠들었던 나는 출근 시간대의 소란에 조용히 깨어난다. 모닝 와이드 쇼에서도 너와 너의 미친 어머니 이야기는 계속된다. 모닝 쇼 진행자들은 오전 중에 열릴 기자의 기자회견에 대한 언급도 빼놓지 않는다. 지금이라도 풀려나기만 한다면 파국을 막을 수 있을지도 모른다. 나는 막연하고도 가느다란 희망에 묶인 채 멍하니 텔레비전을 올려다본다.

너의 행동이 평소와 조금 달라졌다 느낀 것은 채 한 달도 되기 전의 일이다. 너는 부쩍 나와 단둘이 있는 것을 어려워했고 때때로 긴장하면 으레 그러듯 궤변을 늘어놓기 일쑤였다.

사람이 지을 수 있는 가장 큰 죄를 100점이라고 하고 새치기같이 작은 죄는 1점이라고 하면, 살인 한 번보다 새치기 백한 번이 조금 더 나쁜 게 아닐까요?

나는 골똘해진 너의 얼굴을 유심히 바라보며 반문했다.

그래서 너는 무슨 죄를 지었는데?

너는 정곡을 찔렸는지 소스라치게 놀라 고개를 저었다. 나는 네가 누굴 속일 수 있을 만큼 똑똑한 아이가 아니라는 사실을 되새기며 마음을 놓았다.

엄마에게 비밀은 만들지 마라.

순식간에 너는 평정을 되찾고 한쪽 눈을 찡긋, 하며 고개를 끄덕였다.

네가 비밀을 털어놓은 것은 꼭 일주일 전의 일이다. 고백을 앞둔 너는 이상할 만큼 기분이 좋아져서 어쩐지 성스러운 분위기까지 자아냈다.

있죠, 엄마. 엄마는 어릴 때 뭐가 되고 싶었어?

나는 미키마우스 클럽에 대해서는 말하고 싶지 않았다.

나는…… 내가 아닌 뭐든 되고 싶었어.

짧은 순간 너는 한쪽 눈을 빠르게 두 번 깜빡였다. 내 말을 단번에 알아듣지 못한 너의 얼굴에 혼란스러운 기색이 비쳤다. 나는 그 얼굴에 연민을 느낀다. 사실 나는 네가 되고 싶었다고 말하려던 것인지도 모른다. 이것이 야말로 유일한 진실이라고 이제 와 나는 생각한다. 어쩌면 나는 너무 오랫동안 나와 너를 구분하지 못하고 있었는지도 모른다. 어쩐지 눈물이 날 것 같았다. 그때도 그랬고, 지금도 그렇다. 너는 나를 부끄럽게 만들어 놓고는 언제나처럼 보는 사람을 무장해제시키는 미소를 짓는다.

그거 이상하네요. 나는 엄마가 되고 싶었는데.

순간 네가 나의 마음을 읽었는가 싶어 얼굴이 붉어졌던 나는, 아까부터 자신의 배를 사랑스럽다는 듯 쓰다듬고 있는 너의 한쪽 손을 뒤늦게 알아챈다. 너는 더없이 순진하고 행복한 목소리로 말한다.

있어요, 이 배 속에. 아이가.

전설적인 마우스케티어였던 아네트 푸니셀로가 결혼할 때 만화가 찰스 슐츠는 본인의 작품 피너츠에서 주인공의 입을 빌려 이렇게 말했다. 세상에, 아네트가 어른이 되다니. 너무 끔찍해.

영원할 것 같았던 미키마우스 클럽은 내 10대가 끝나기도 전에 해체되었다. 마지막 마우스케티어들은 거액의 투어 머니와 온갖 가십과 섹스 스캔들을 몰고 다니는 셀러브리티로 성장했다. 그들 중에는 결혼을 두 번 이상 한 사람도 있고 아이가 벌써 서넛씩 되는 사람도 있다.

말하자면 나는 너를 미키마우스 클럽이 없는 시대의 마지막 마우스케티어로 만들 작정이었다. 너는 최고의 마우스케티어가 될 자질을 타고난 아이였다.

그렇기 때문에 나는 너를 사랑하기로 했다.

과거형으로 쓰이는 모든 문장에는 제각기의 이유가 있는 법이다.

네게 일어난 사건이 아이돌 스타들 사이에서 아주 드문 일은 아니다. 데뷔 시기가 지나치게 일러진 요즈음,

아직 서로의 아름다움에 면역되지 않은 어린 스타들이 뒷일을 상상하지 못하고 충동적으로 몸을 섞는 일은 종종 일어난다. 그중에서도 임신은 아주 운이 나쁜 경우에나 생기는 일이지만, 아무튼 전혀 없는 일은 아닌 셈이다. 다른 모든 아이들과 너의 결정적인 차이점은 네가 굳이 아이를 낳고 싶어 한다는 사실이다. 생각해 보면 그것은 기가 막히도록 너다운 발상이라 정말이지 할 말이 없었다.

정신을 차리고 보니 숨이 찰 때까지 맨손으로 너를 때린 나는 꼴사나운 땀투성이였고, 한참 동안 맞기만 한 너는 그마저 아름다워서 처연했다. 상대가 누구였냐는 말에 너는 끝끝내 입을 다물었다. 네가 얼마나 고집스러웠던지 나는 네가 정말로 동정으로 잉태한 것은 아닌가 하는 생각까지 했다. 내 예감이 틀리지 않다면 아마 네가 보호하려 한 상대 남자 측에서 기자에게 정보를 흘린 것일 테다. 아니다, 이 시점에 억측은 의미가 없다. 잠시 후면 기자회견이 시작될 것이다. 마우스케티어로서의 네 커리어도, 한 사람만을 위한 미키마우스 클럽으로서의 내 삶도 조금 후면 끝난다. 나는 절박한 심정으로 그 기자가 너의 아이와 너의 나이, 둘 중 하나에 관해서만 알고 있기를 바란다. 네가 미성년자의 몸으로 임신했다는 사실이 밝혀지면 그 파괴력은 감당하기 어려울 것이다.

조금 지나 텔레비전에서 기자회견 생중계가 흘러나온다. 생중계, 심지어 생중계라니. 아무리 그래도 일개 아이돌의 스캔들일 뿐인데, 너의 인기가 이 정도였던가. 나는 기자의 동원력과 사안의 화제성 따위를 가늠해 보며 괴로워한다. 실시간으로 너와 내가 파괴되는 걸 도저히 견딜 자신이 없어서 나는 돌아앉는다.

저는 지금 국민 여러분 앞에 깊이 사죄하고 호소하기 위해 이 자리에 나왔습니다.

뜻밖에 텔레비전에서 흘러나오는 것은 너의 음성이다. 텔레비전 속에서 선글라스를 벗고 눈물로 얼룩진 눈가를 드러내 플래시 세례를 모으는 사람은 기자가 아닌 너다. 나는 무섭게 두방망이질 치는 가슴을 안고 너를 바라본다. 너는 차분하게 회견문을 낭독한다. 전날 기자회견에서 있었던 불미스러운 사고를 사죄하며, 본의 아니게 가족사가 밝혀져 깊은 고통을 당했다고 너는 주장한다. 어머니가 저지른 폭행은 분명 잘못이지만 기자 측의 합의 거절로 미국 시민권자인 어머니가 강제 추방 위기에 놓였다며 너는 울먹인다. 또한 줄곧 루머로 떠돌던 너의 임신설과 결혼설을 기정사실화하려는 행태의 배후가 누구인지 정말 궁금하다고 너는 일갈한다. 사람들은 홀린 듯이 너를 향해 플래시를 터뜨린다.

나는 뒤통수를 얻어맞은 것처럼 어안이 벙벙해진다. 너의 입을 통해 흘러나오는 말들이 어찌나 마땅하고 정

의로운지, 여지껏 내가 알던 사실들이야말로 거짓처럼 느껴진다. 너는 천사 같은 얼굴로 눈물을 글썽이고, 경찰서 안의 모든 사람들은 기자를 폭행한 사람이 바로 여기 있다는 사실도 잊은 채 혀를 차며 너를 동정한다.

저렇게 순진한 애를…….

저 아무것도 모르는 애를…….

회견문 낭독이 끝나자 기자들이 앞다투어 질문을 퍼붓는다. 기자가 미리 예고한 시간대에 기습적으로 맞불 기자회견을 터뜨린 의도가 무엇인지, 향후 휴식 계획에 변동은 없는지, 법적 대응 방향은 어떠한지 묻는다. 어려운 질문들 앞에서 어물거리는 너를 대신해 변호사가 답한다. 산발적으로 플래시가 터진다. 너는 카메라를 똑바로 쳐다보고 있고, 나도 텔레비전에서 눈을 떼지 못한다.

지금 텔레비전으로 지켜보고 계실지도 모르는 어머니께 한마디 하신다면.

마지막 질문에 답하기 위해 너는 마이크를 넘겨받는다. 가슴이 뛴다. 지금 너와 나는 마주 보고 있는 것이나 다름없다. 너는 그렁그렁 고인 눈물을 훔치고 생긋 웃는다.

엄마는 알죠, 니나가 거짓말 안 하는 거?

그제야 나는 아까부터 느끼던 미묘한 위화감의 정체를 알아챈다. 너는 회견 내내 한 번도 한쪽 눈을 감지 않았다. 내가 고쳐 주려고 부단히 노력했던 너의 틱. 대중이 사랑했던 너의 틱. 거짓말하지 않는 니나의 틱.

경외감이 들 만큼이나 순진한 너의 미소에서 나는 어느새 누구도 통제할 수 없는 거물이 된 미키마우스를 발견한다. 모든 이들의 친구이자 세계에서 가장 부유하고 막강한 캐릭터. 의심할 나위 없이 순수하고 사랑스러운 불멸의 생물. 네가 피노키오라면 나는 너의 거대한 양심이다. 끝에 와서 마침표를 찍듯 감긴 너의 한쪽 눈이 온전히 너의 의지로 움직인 것임을 나만은 알아볼 수 있다. 나는 마치 오늘에야 처음으로 너라는 사람을 만난 것만 같다.

회견이 끝나고 수많은 플래시가 따라가며 너의 그림자를 지운다. 이제 나는 나의 미키마우스 클럽이 끝내 멸망하지 않으리라는 사실을 예감한다.

보

이제 그만해요.

이제 그만.

보혜의 무릎에 고개를 묻고 있었으므로, 남편의 입
김이 치마 위에 뜨겁게 고였다. 보혜는 남편의 어깨를 가
만히 밀었다. 동요하는 티를 내지 않으려 애쓰면서. 타
이르듯 한마디 보탤까, 하는 생각이 들었지만 동시에 내
가 왜, 아이도 아닌 당신을, 하는 의문도 솟았으므로 보
혜는 결국 아무 말 하지 않았다.

다시는 그러지 않을게.

다시는. 응?

보혜는 전에도 남편이 그렇게 말하는 것을 들은 적이

있었다. 지금처럼 무릎을 꿇고 양손을 모은 모습이라면 과장 없이 수만 번 보아 왔다. 말하자면 그것은 남편의 전문 분야이기도 했다.

하나님이 맺어 주신 부부는 헤어지는 게 아니야. 사망 권세로도 하나님 사랑 안에 이룬 부부는 끊을 수 없는 것이에요.

보혜는 그제야 남편이 가엾다고 느꼈다. 잘못을 빌 때조차 설교조로 말하는 사람. 다시 무릎에 감겨 오는 남편을 피해 몸을 뒤로 물리다가 보혜는 피아노 건반을 건드렸다. 어둠이 채 가시지 않은 본당 안에 둥 하고 낮은 음조 불협화음이 울렸다. 보혜는 헤어지자고 한 이유를 아직 말하지 않았다. 남편은 다시는 그러지 않겠다고 했다. 들켰다고 생각하는구나. 또 무슨 일을 저질렀구나. 보혜는 피로를 느꼈다. 환멸이 아니라. 남편은 보혜에게 환멸처럼 거창한 감정을 불러일으킬 만큼 중요한 사람이 아니었다. 보혜는 피로 속에 섞인 묘한 안도를 사금처럼 골라낼 수 있었다. 하지만

하지만 당신 잘못이 아니에요.

그러니 빌어도 소용이 없어요.

남편이 고개를 들었다. 눈물로 번들거리는 얼굴의 붉은 기운이 어둠 속에서도 뚜렷했다. 보혜는 말을 골랐

다. 준비해 두었던 그럴싸한 말을 잊어버렸다.

저는 여자를 좋아해요.

남편은 보혜의 말을 이해하지 못한 것 같았다. 보혜는 나직하게 덧붙였다.

당신처럼.

목사님처럼.

보혜는 스스로를 단순한 사람이라고 생각했다. 욕망이 많지 않은 사람, 그렇기에 까다롭지 않은 사람. 최근에 보혜는 10대 시절의 일기장에서 신앙에 대한 소고를 찾아냈다. 맞은쪽에는 디어 지저스라는 제목으로 짧은 영시를 쓰려다 만 흔적이 있었다. 어릴 때 쓴 쪽글을 보고 부끄러움을 느끼기에는 나이를 제법 먹었다. 어쩐지 애틋하고 그리운 마음과, 여기서부터 한 치도 나아가지 못했구나 하는 너그러운 포기 같은 것이 일어났다. 자신의 평생을 몇 줄의 글로 치환해야 한다면 그 두 쪽의 엉성한 글로 충분하겠다고 보혜는 생각했다.

여보 우리 기도합시다. 기도로 이길 수 있어요.

남편은 울어서 가라앉은 목소리를 가다듬고 보혜 다리 위에 손을 모아 올렸다. 말릴 새도 없이 하나님 아버지, 하고 남편은 말문을 열었다. 보혜는 또 다른 일기를 떠올렸다. 애초에 기도라는 것은, 듣는 사람이 있는 기도라는 것은, 신에게 말을 거는 것이라기보다는, 그저 연극적인 방식으로 자기 할 말을 하는 거라는 생각이 든다고 보혜는 썼다. 고등학교 때였다. 어머니가 볼일이 있는데 같이 가 주었으면 한대서 따라간 곳은 같은 반 아이의 집이었다. 어머니를 부른 사람은 교회 꽃꽂이 봉사를 도맡는 최 집사라는 여자였고, 그 애는 최 집사의 딸이었다.

이렇게 착하고 이쁜 아가씨가 어쩌다 마귀 사단의 올무에 사로잡혔담.

어머니는 최 집사 딸의 손을 잡고 눈물을 글썽이며 말했다. 그 애는 종종 학교를 빠지거나 조퇴하고 방송국에 달려가는, 소위 오빠부대에 소속된 애였다. 가늘게 정리된 그 애의 눈썹이, 안쪽부터 틴트로 세심하게 물들인 입술이 꿈틀거렸다. 최 집사가 과일을 자르는 동안 그 애와 보혜는 서로 한마디도 하지 않았고, 최 집사는 보혜 어머니에게 그 애가 어떤 마귀에 들렸는지 구구한 설명을 늘어놓았다.

이분이 우리 교회에서 영발이 제일 센 분이야. 기도 받자. 눈 감아.

어머니가 여자애의 손을 모아 감싸 쥐었다. 그 애가 웃음을 참고 있는 것 같다는 생각에 그쪽을 계속 쳐다보던 보혜는 기도가 시작되었음에도 눈을 감지 못했다. 엉겁결이었다. 뒤늦게나마 눈을 감아야 한다는 생각이 들었지만 어쩐지 여자애와 어머니로부터 눈을 뗄 수 없었다. 불현듯 기도하는 동안에 눈을 뜨고 있기는 처음이라는 생각이 들어 기분이 묘해졌다.

기도를 시작한 지 얼마 되지도 않아 어머니는 방언을 하기 시작했다. 최 집사는 새된 목소리로 아멘, 아멘을 연호했다. 교회나 집에서 듣던 것과는 울림이 달라서 그런가. 어머니의 기도 소리를 들으면서도 자꾸 딴생각이 났다. 영발이 세다는 건 뭐고 마귀 사단 올무에 사로잡혔다는 건 또 뭐지. 그런 건 신앙이라기보다…… 무속 같은 게 아닌가……. 그런 생각이었다. 여자애는 의자에 앉은 채로, 제 앞에 무릎을 꿇고 있는 어머니를 뚫어져라 보다가 문득 눈을 들었다. 눈이 마주쳤을 때 보혜는 여자애의 시선에 너무 무방비하게 노출된 것 같은 부끄러움을 느꼈다.

야.

그 애가 입 모양으로 보혜에게 말을 걸어왔다. 같은 반이었지만 서로 이름도 잘 모르는 사이였다. 야, 말고 다르게는 부를 수 없었을 것이다.

우, 리, 만,

보혜는 여자애의 입 모양을 읽기 위해 눈을 가늘게
떴다.

우, 리, 만, 제, 정, 신, 인, 것, 같, 지, 않, 냐.

그 애는 턱짓으로 보혜 어머니와 자기 엄마를 차례로
가리켰다. 보혜는 얼굴이 달아오르는 것을 느꼈다. 기도
는 오랫동안 끊어지지 않았다.

그만하자고 했잖아요.

남편은 못 들은 척 목소리를 높였다.
회개하며 간구하오니 죄 사함 받고 거듭나게 하옵시
고…….
보혜는 무릎 위에 엎드린 남편의 정수리를 내려다보
았다. 염색한 지 얼마 되지 않아 가르마까지 물든 머리
통 한가운데 보란 듯이 새치가 올라와 있었다. 보혜는
아무 망설임 없이 그 머리 올을 뽑았다. 남편은 움찔, 멈
추었다가 기도를 이어 갔다.
주 사랑 안에 이룬 가정에 악한 것이 틈타지 않게 하
시옵고…….
갑자기 노래를 부르고 싶다는 생각이 들었다. 보혜는
콧노래로 찬송가를 흥얼거렸다.

사랑은 언제나 온유하며

사랑은 언제나 오래 참고.

기도 소리가 멈췄다.

당신 미쳤어?

본당 안에 남편의 고함이 우렁우렁 퍼졌다. 내 말은 들은 척도 않더니 제 기도에 방해가 되니까 그제야, 미쳤냐고. 끔찍하다. 끔찍하네. 보혜는 속으로 혀를 찼다.

미쳤다고 쳐요. 미친 사모를 어떻게 계속 데리고 살래요?

남편은 잠시 말문이 막힌 듯하다가 다시 매달려 왔다.

우리 교회 이제부터인 거 잘 알잖아요. 지금껏 잘 견뎌 와 놓고 왜 이래요.

교회는 곧 이사할 예정이었다. 인근에 한국 근현대 교회사에 큰 영향을 끼친 순교 목사가 시무하던 교회 유적지가 있었다. 남편이 개척교회로 이 교회를 시작할 무렵부터 유적지 복원 논의가 진행되었다. 치열한 경쟁 끝에, 지역의 누구와도 연고가 없는 남편이 복원 교회 담당 목사로 내정된 것, 그것도 벌써 3년 전 일이었다.

성직자들은 어떤 식으로 로비를 할까. 궁금했던 적이 없어 상상해 본 적도 없는 일에 대해 어쩔 수 없이 자세히 알게 되었다. 그건 풍문으로 들어 온 세속의 방식과 크게 다르지도 않았고, 그러므로 모든 것은 아버지가 이루었다고도 할 수 있었다. 하나님 아버지 말고 육의 아버지. 늦둥이를 목사로 키우고 싶어 아들을 바랐지만 딸을 얻었고, 보혈의 은혜 또는 보혜사를 줄인 이름을 붙인 뒤, 목사 사위를 보게 해 달라고 서원한 아버지. 뜻한 바를 이루지 못한 적이 없는, 전능한 아버지.

아버지는 부유하고 신앙심이 깊었다. 권 장로님은 성정이 불같아 믿음도 불처럼 뜨겁다고 교회 사람들이 입을 모았다. 장로가 된 뒤에 아버지는 수도권 외곽에 교회 수련원을 지어 봉헌했다. 최근에야 보혜는 자기가 선후 또는 인과관계를 잘못 파악하고 있었음을 인정하게 되었다. 아버지는 장로 됨에 감사해 새 신전을 봉헌한 것이 아니라 장로가 되기 위해 그것을 지은 거였다. 그런 일에 관해서 보혜는 상상력도 요령도 없었다. 남편도 크게 다르지는 않았다. 그리하여 결국, 모든 일은 아버지의 뜻대로 이루어졌다.

제발 정신 차려요. 장인어른이 뭐라고 하시겠어요?

남편의 말은 정확히 보혜가 예상했던 대로였다.

아버지하고는 상관없어요.

보혜는 무릎 꿇은 남편의 어깨 건너 바닥을 쳐다보며 말했다. 모조 스테인드글라스 창을 투과한 빛이 아주 천천히 밝아지고 있었다. 보혜의 말처럼 아버지와는 관계없는 일이었다. 육의 아버지는 물론이고 영의 아버지와도. 이번만은 아버지의 뜻대로 되지 않을 것이다. 생각이 여기에 이르자 보혜의 눈에 뜻 없이 눈물이 고였다. 남편이 보혜의 얼굴 가까이에 손을 올렸다. 보혜는 남편의 손바닥을 손등으로 걷어 냈다. 흐려진 눈에 스테인드글라스 빛이 일렁이는 것처럼 보였다. 아름답네.

아름다워.

아름답다, 고 보혜는 거듭 생각했다. 인간에게만 극적일 순간. 같은 공간에서 동시에 일어나는 아무 의미 없는 현상의 아름다움. 그 아름다움이 인간들의 일을 하찮게 만든다.

한때 보혜는 그런 무심한 아름다움이 신성과 맞닿아 있다고 믿었다. 몇 해 전 필리핀으로 선교 여행을 갔을 때, 일정이 끝나고 다른 목회자 부부 여럿과 어울려 해변에서 석양 구경을 했다. 프라이빗 비치라고 들었는데 해변 저편에 한 무리의 현지인들이 들어와 놀고 있는 게 보였다. 여자들은 열대의 꽃을 엮어 목이나 머리를 장식했고 남자들은 긴 머리를 상투처럼 틀어 올렸다. 보혜는 묘한 끌림을 느꼈으나 다른 일행들은 딱히 관심이 없는 것 같았다. 보혜의 눈길을 알아챘는지 그들도 보혜 쪽을 바라보면서 웃었다. 그중에서도 한 젊은 여자가 보혜의 눈길을 끌었다. 다갈색 어깨 위에 묻은 흰 모래가 햇빛을 자잘하게 부수고 있었다.

이르시되 빛이 있으라 하시니 빛이 있었고 보시기에 좋았더라, 고.

그 빛이 보시기에 좋았더라.

보혜는 창세기의 구절들을 입안에서 곱씹었다. 열 명 남짓한 그들, 현지인 무리를 선한 빛이 감싸고 있는 것처럼 보였다.

젊은 목회자 부부들은 둥글게 서서 손을 잡고 돌아가면서 기도를 했다. 아버지가 지은 세계의 아름다움을 찬양하고, 국민 대부분이 가톨릭교도인 필리핀에 진정한 신앙이 뿌리내리도록 더욱 힘쓸 능력을 달라 간구하고, 귀국 후에도 지치지 않고 믿음의 사역들로 영광 돌리게 해 달라고 기도했다. 보혜는 자기 차례를 짧게 마쳤다. 오직, 오직 겸손하게 하소서. 잠시 침묵이 감돌았다. 보혜의 기도가 모자라다고 생각했는지 남편이 남들보다 훨씬 길게 기도했다. 기도가 끝나고 사람들은 흩어져서 자리를 잡고 태양이 지평선에 걸리기를 기다렸다. 보혜는 용기를 내서 현지인 무리에게 다가가 보기로 했다. 남편은 다른 목회자 부부 한 쌍을 붙들고 자기의 교회 개척 사역에 대한 이야기를 무용담처럼 늘어놓느라 보혜가 뭘 어쩌는지에 대해서는 신경도 쓰지 않았다.

무리로부터 10미터 남짓 떨어진 곳까지 다가가서 보혜는 잠시 머뭇거렸다. 멀리 보이는 그들의 모습이 너무도 영적이어서 자기가 가까이 가면 그 영성이 깨어지지나 않을까 하는 이상한 걱정이 들었다. 그때 무리에서 그 여자가 나왔다. 처음부터 보혜의 눈길을 사로잡았던 젊은 여자, 세상에서 가장 아름다운 어깨를 지닌 사람이 보혜 쪽으로 오고 있었다.

아 유 재패니즈?

여자는 시원하게 웃으며 물었다. 흔하디흔한 말이고, 그런 물음을 처음 듣는 것도 아니었지만, 어쩐지 뜻밖이라는 생각이 들었다. 그 질문에 어떠한 의도도 담겨 있지 않다는 것을 알면서도 보혜는 약간의 섭섭함을 느꼈다.

코리안.

여자는 어깨를 으쓱 올렸다. 보혜는 그 여자가 김치나 스포츠 스타, 케이팝 이야기를 꺼내지 않는 것에 안도를 느꼈다. 한편으로는 대화를 이어 나가기 위해 무슨 말이든 해야 한다는 조바심도 났다.

유 룩 소 스피리추얼.

엠 아이?

여자는 웃음을 터뜨렸고 보혜는 얼굴을 붉혔다. 스스로가 바보처럼 느껴졌다. 여자가 웃을 때, 그 웃음에서 가슴을 뛰게 하는 냄새가 났다. 소리가 아니라 냄새가, 웃음의 냄새가. 여자가 이름을 물어 왔다. 보혜는 목이 멘 것을 들키지 않으려고 작은 소리로 대답했다.

보혜.

보에이? 보이?

여자가 현지 악센트가 담긴 발음으로 보혜의 이름을 되풀이해 불렀다.

왓 카인드 오브 페어런츠 메이크 데어 도터 콜드 보이?

여자는 보혜더러 자꾸만 보이라고 했다. 그간 보혜는 자기 이름을 썩 좋아하지 않았지만 큰 불만을 느낀 적도 없었다. 다만 여자가 자기 이름을 재미있어한다는 점이 마음에 들었다. 사실 여자의 그런 말이 놀림이나 다름없다는 걸 알면서도.

저스트 콜 미 보. 하우 어바웃 유?

보혜의 말에 여자는 미소를 지으며 손을 내밀었다. 보혜는 엉겁결에 그 손을 마주 잡고 악수를 했다. 손바닥과 손등의 색깔이 다르고 손톱은 짧고 깔끔한, 인상적인 손이었다. 손을 잡는 순간 그 여자의 영혼 한가운데로 빨려 들어가는 것 같은 환상을 보았다. 누구의 손을 보고도 그런 적이 없었기 때문에 보혜는 그 여자의 영성이 자기를 감화 감동시킨 것이라고 생각했다.

마이 네임 이즈 보니. 쏘, 아이 엠 보 이더.

댓츠……

놀라운 우연이라고 보혜는 말하려 했다. 운명이나 하나님의 뜻 같은 것에 대해 이야기할 수도 있었을 것이다. 그때 남편이 보혜를 불렀다. 보와 보는 동시에 돌아본 다음, 다시 마주 보았다.

보의 이름을 듣는 이 순간을 남편이 망쳤다는 생각이 들었다. 남편이 없었으면 좋았으리라는 생각. 보혜는 그런 생각도 그때 처음 해 보았다. 단순히 이 자리에 없었으면, 하는 데에 그치지 않고 저 사람이 내 남편이 아니었더라면, 하는 생각까지 한 것이었다. 한순간이나마. 이 자각이 보혜를 당황하게 했다.

잇 워스 나이스 투 밋 유.

미 이더.

바이, 보.

바이바이, 보.

보혜는 남편 곁으로 돌아와서도 장관이라는 석양 대신에 몸속이 투명하게 들여다보이는 것처럼 붉어진 보니를, 보니의 몸 위에 반사된 태양의 붉은빛을 계속 바라보았다. 아름답네.

아름다워.

너무 아름다워서 눈물이 날 지경이었다. 호텔로 돌아
와서도 그 아름다움에 대한 생각이 내내 머리와 가슴을
어지럽혔다. 나중에 현지 선교사에게 현지인들에 대해
물어보니 무척 놀라고 미안해하며, 해변에 가끔 들어와
약을 하는 정크들이 있다고 했다.

다음에 또 말을 걸어오면 대답하지 마시고 그냥 호텔
시큐리티를 부르세요.

민망해진 마음을 감추려 보혜는 고개를 세차게 저었
다. 그냥 여쭤본 거예요. 다시 볼 일은 없을 것 같아요.
보혜는 여자의 웃음에서 났던 냄새를 생각했다. 그건
약 냄새였을까? 가슴이 뛰었던 것은, 잠시나마 남편이
사라져 버렸으면 좋겠다고 생각했던 것은, 보가 흡입한
약의 냄새를 내가 다시 맡아서 그런 거였을까? 그러니
까 그 순간에 나는…… 보는…… 서로의 숨을 교환했던
걸까, 그래서 그랬던 걸까.

……보,

여보.
남편이 보혜의 무릎을 흔들었다.
네?

아아 맞다 당신 거기 있었지. 보혜는 까맣게 잊고 있던 남편의 존재를 새삼 알아차렸다. 성가셨다.

이혼만 아니면 뭐든지 할게요. 내가 어떻게 하면 좋겠어요?

바라는 게 없어요. 당신한테는…….

보혜는 차근차근 자립을 준비하고 있었다. 영어 공부를 다시 시작했고, 통장을 따로 만들어 독립 후 당분간 쓸 생활비를 모았다. 남편이 이혼에 동의하지 않거나, 순순히 따르는 척하면서 아버지를 끌어들인다면 곧장 해외로 나가 입주 베이비시터로 취직할 계획이었다. 다행히 베이비시터가 되는 데에는 이렇다 할 경력이 필요치 않았다. 대학 시절 그 흔한 아르바이트 한번 해 보지 못했고, 목회자의 아내여서 세간에 통용될 만한 이력을 쌓기가 어려웠던 보혜에게 그보다 나은 자리는 없었다. 이력서를 검토해 준 해외 취업 에이전시에서 그나마 좋게 이야기해 준 부분은 전공이 영문학이라는 점, 피아노 반주를 제법 잘한다는 점 정도였다. 추천 직종 차트를 받아 든 보혜는 외국인 어린이들과 함께 피아노 치며 노래를 부르는 자신을 어렵지 않게 상상할 수 있었다.

목사와 결혼하기 위해 보혜는 대학을 그만두었다. 3학년 1학기 중간고사를 치르기 직전이었다. 아버지의 주장은 단순하고 힘이 셌다. 애초에 신학과에 가라는 말을 거스르고 네가 원하던 공부를 실컷 했으니 이제 그만하라는 것이었다. 성적이 뛰어난 편은 아니었지만 공부 자체는 성실하게 하고 있었기에 보혜는 실망했다. 결혼 이야기를 성급하게 꺼내 버린 남편이 미웠다. 그래도 보혜는 아버지의 뜻에 따랐다. 역설적으로 결혼은 보혜가 아버지의 곁에서 가장 멀리 떠나는 길이기도 했다. 아는 사람이 남편 말고는 하나도 없는 곳에서 사는 것에 보혜는 막연한 기대를 품고 있었다.

혹시 만나는 사람이라도 있어요?

남편의 질문이 무척 멍청한 소리로 들렸다. 내가 당신하고 똑같은 사람처럼 보이냐고 쏘아붙이고 싶은 충동이 들었다. 보혜는 말을 한번 걸렀다.

꼭 만나는 사람이 있어야만…… 제가 목사님을 사랑하지 않는다는 걸 증명할 수 있나요?

보혜의 말에 남편은 승기를 잡았다는 듯이 언성을 높였다.

말 돌리지 마. 만나는 남자가 있는 거라면,

남자가 아니고 여자라고요.

여자를 좋아한다고.

남편의 말을 자르며 보혜가 더 큰 소리로 외쳤다. 남

편은 기겁을 하며 보혜의 입을 틀어막으려 했다. 밖은 이미 환했다. 새벽 기도회를 놓친 성도들이 찾아오기도 하는 시간이었다. 팔을 뻗고 무릎으로 기어 덤비는 남편을 보혜는 어렵지 않게 피해 버렸다. 남편은 헛손질을 하고 바닥을 짚은 채로 뇌까렸다.

만나는 남자도 없는데 헤어지자니, 당신이 얼마나 말도 안 되는 소리를 하고 있는지 알고 있어요?

만나는 여자가 있다면요.

보혜가 당돌하게 되물었다. 남편은 자세를 고쳐 다시 무릎을 꿇고 앉더니, 그다지 길게 고민하는 기색도 없이 대답했다.

여자랑 만나는데 왜 이혼을 합니까?

말문이 막힌 보혜는 헛웃음을 지었다.

만나는 여자가 있다면, 이라는 말은 허세일 뿐이었다. 결혼 전에도 여자는커녕 남자 하나 제대로 사귀어 본 적이 없었다. 연애는 나의 몫이 아닌가 보지. 이런 생각을 별로 어렵지도, 아쉽지도 않게 품고 자랐다.

자라는 내내 여학교에 다녔고 학교에 있지 않을 때면 교회에서 시간을 보냈다. 유아동부 시절부터 함께 자라 온 또래들이 고등부가 되기 전부터 이미 서로 연애 걸고 걸리며 지냈다는 것을 보혜는 청년부가 될 무렵에야 알았다. 어떻게 형제자매처럼 아주 어릴 때부터 안 사람들하고 그럴 수 있지. 신기한 일이라고 보혜는 생각했다.

누구를 좋아하는 마음, 너무 좋아서 애가 타는 마음 같은 것. 자기는 평생 이해할 수 없을지도 모른다고 일기에 쓰기도 했다.

진짜를 어떻게 알아보나.

진짜를 어떻게 알아보고 사랑하나.

진짜는 나를 알아볼 수 있나?

언젠가 진짜가 오기는 오나?

남편 또한 어린 시절부터 보혜와 알던 사이였다. 다만 나이 터울이 있다 보니 청년부로 진급할 때까지는 한 번도 같은 무리에 섞인 적이 없었다. 보혜가 고등학생이 될 무렵 남편은 전남에 있는 신학교에 진학했다. 다니던 교회를 계속 섬겨야 한다며 주일마다 서울로 올라오는 그를 두고 교회 어른들은 칭찬을 아끼지 않았다.

남편은 믿음 좋고 경우 바르고 리더십 있는 청년이었다. 연합 신앙 수련회를 다녀오는 길에 롤링 페이퍼를 쓰면, 글씨가 가장 빼곡한 사람이 남편이었고 여백이 제일 많은 사람이 보혜였다. 어느 해 남편은 보혜의 롤링 페이퍼를 끝까지 붙들고 있다가 자기 연락처를 적어서 보혜에게 직접 돌려주었다. 보혜는 그 번호로 연락하지 않았다. 수 주 뒤에 어디서 어떻게 알았는지 남편이 보혜에게 전화를 걸어왔다. 첫 통화에 30초도 걸리지 않았던 것을 보혜는 기억했다. 그럼 다음 주에 뵈어요. 그렇게 전화를 끊고 처음으로 교회가 아닌 곳에서 남편을 만났다.

놀라울 만큼 전근대적인 연애를 하고, 섹스는커녕 입한 번 맞춘 적 없는 채로 청혼을 받았다. 장로님께는 자기가 말씀드리겠다고 남편은 호기롭게 나섰다. 결혼 승낙을 받던 날 방에 둘만 남게 되었을 때 남편이 한 일도 기억한다. 그때 남편은 굉장한 비행을 저지를 거라는 각오로 꽉 찬 얼굴을 하더니 보혜의 가슴에 양손을 얹었다. 무서우면서도 우스꽝스러운 표정이었다. 그랬지, 당신 그런 사람이었지. 보혜는 그 얼굴을 오랫동안 잊기 어려울 것 같다고 생각했다. 그러고 나서 30분 넘게 손 맞잡고 기도를 했지. 나는 아무렇지도 않았는데. 보혜는 손끝을 내려다보았다. 손톱을 서로 퉁겨 틱틱 소리를 내면서, 이런 생각도 이제는 지겹다 생각했다.

아무튼 나는 이혼 못 해요. 교회 일을 떠나서, 내가 남자로서 자존심이 상해서 이혼 못 해 준다고. 알아들어요?

보혜는 고개를 가로저었다. 빌어먹을, 남자의 자존심 따위를 둘째 치더라도, 보혜와 남편 사이에서 교회 일을 빼놓는다는 것은 불가능했다. 어쩌면 헤어지고서도 교회 일이란 것이 끊임없이 자기를 괴롭게 될 거라는 확신을, 보혜는 가지고 있었다.

아버지는 전남에 개척교회를 열겠다는 남편의 뜻을 높이 샀다. 남편의 비전은 대담하면서도 구체적이었다. 신학교에 다니면서 아직 복원이 이루어지지 않은 지방 교회 유적지가 있다는 사실을 알게 되었고, 복원 논의가 시작되기 전에 최대한 인근 지역에 자리를 잡을 생각이라고. 아버지에게 그것은 젖과 꿀이 흐르는 약속의 땅 이야기처럼 들렸던 것이다. 교회사적으로 큰 의미가 있는 지역에서 목회를 시작해서 그 뜻을 이어받아 큰 사역을 하고 싶고, 그 사역에 보혜가 사모로서 꼭 동행해 줬으면 한다는 이야기. 덕분이라고 해야 할지, 늘 시원찮은 늦둥이 취급을 받던 보혜까지 큰 믿음의 자녀로 재평가를 받게 되었다.

바라던 대로 목사 사위를 보게 된 아버지의 기쁨은 이루 말할 수 없는 것이었다. 아브라함의 아내 사라 같고, 야곱의 아내 라헬 같고, 담대하게 왕 앞에 나아가 민족을 구한 에스더 같고……. 반주에 기분 좋게 취해 믿음의 아내들을 열거하는 아버지 앞에서 보혜는 하품을 참으며 생각했다. 아브라함에게는 하갈이라는 첩이 있었고 야곱은 라헬의 언니 레아와 먼저 동침했으며 에스더는 페르시아 왕비였는데. 앞뒤로 후궁이 천 명은 있었을 텐데. 아버지가 기뻐하는 모습을 보는 것은 좋았지만, 보혜가 자라면서 이룬 어떤 업적보다도 이 결혼이 더 아버지를 기쁘게 했다는 사실이 묘하게 섭섭했다. 이것만은 딱히 보혜가 노력해서, 보혜의 힘으로 이룬 일이라고 할 수 없지 않은가.

다니던 교회에서 검소한 식을 올리고, 같은 교회에 다니는 여행사 대표의 도움으로 한 달간 성지순례 코스를 밟아 신혼여행을 다녀왔다. 가이드가 있는 여행이었지만 단체 관광이다 보니 이따금 보혜가 직접 현지인들과 소통해야 할 때가 있었고, 남편은 보혜의 영어 실력이 자기 것인 양 뿌듯해했다.

이러려고 주님이 당신한테 외국어 은사를 주셨나 봐요.

남편의 말에 일행이 아멘, 아멘 하며 웃었다. 잘은 모르겠지만, 내가 입도 뻥긋 못 하는 남편 대신 이스라엘 사람들하고 흥정이나 하려고 영어를 공부한 건 아니었는데. 일행을 따라 웃으며 보혜가 한 생각은 그런 것이었다. 그나마도 여행이 끝나고 나면 여지껏 배우고 연습한 것들이 모두 공염불이 된다는 생각에 보혜는 틈만 나면 외국인들과 대화를 시도했고, 그 노력이 남편을 아주 기쁘게 했으며, 그 기쁨이 묘하게 보혜의 비위를 상하게 했다.

동기들이 서울에서 졸업논문과 시험으로 바쁠 동안에 보혜는 떡을 짓고 수건을 맞춰 시골 마을을 헤매고 있었다. 교회 터를 잡은 곳을 기준으로 걸어서 오갈 수 있는 마을 세 곳의 가구 수를 다 합쳐야 겨우 500가구 남짓이었고 절반 이상이 독거노인이었으며 그중 과반이 노파였다. 노파들은 보혜가 혼자 가면 그다지 달가워하지 않았고 남편이 문을 두드려야만 우리 아들 왔냐며 맨발로 뛰어나왔다. 자신을 좋아하지 않는 노파 하나를 교회로 데려가려고 왕복 두 시간씩 걸으면서 보혜는 처음으로 뭔가 잘못되었다는 생각을 했다. 뭔가 잘못되어도 단단히 잘못되었다. 꼬박 한 해 동안 쉰두 번, 성탄 예배와 송구영신 예배를 합쳐 쉰대여섯 번 마을 끝에서 교회까지 오락가락하고서야 교회 차를 장만했다.

또 편할 때만 하나님 법 찾고 유리할 때만 세상 법 찾지요?

보혜의 말에 남편은 눈을 꿈뻑거렸다. 그것은 남편이 성도들을 꾸짖을 때 자주 하는 말이기도 했다.

당신 유 집사하고 그랬을 때 뭐라고 그랬어요. 세상 법으로는 부부가 헤어질 수 있지만 하나님 법으로 맺은 부부는 헤어지는 게 아니라고 했지요? 목사가, 십계명에 간음하지 말라고 써 있는 건 나몰라라 하고, 자기 좋은 성경 말씀만 끌어다가 행동 합리화하고. 그런데 인제는 교회 일 떠나서 남자로서 자존심이 상해서 못 헤어진다고요? 사람이 일관성이라도 있어야지요.

보혜답지 않게 속엣말을 거르지 않고 줄줄 쏟아 놓았다. 남편은 얼굴을 일그러뜨리며 벌떡 일어나더니 보혜를 치려는 듯 손을 높이 들어 올렸다. 보혜는 눈을 질끈 감으며 머리를 숙였다. 남편은 보혜를 때리지 않았다. 그새 눈물이 고인 눈으로 보혜는 남편을 올려다보았다.

아버지랑 닮았네.

이런 생각 처음도 아니지만, 새삼, 아버지랑 정말 똑같네. 보혜는 눈물 고인 눈으로 남편을 힘껏 노려보았다.

교회 차가 생기고부터 보혜에게는 남는 시간이 많아졌다. 읍내 피아노 학원에 다니고 꽃꽂이를 배웠다. 성인은 가르쳐 본 적도 없고 워낙 수준이 높아서 가르칠 게 없다는 원장의 말에 피아노를 관두고 읍내에서 배울 수 있는 모든 것을 다 한 달씩 들어 보았다. 남편은 보혜가 여가를 보내는 방식에 크게 토를 단 적이 없었다. 보혜의 취미 전반이 워낙 교회 일과 관련이 있어서 그렇기도 했지만, 귀가에 늦지 않고 끼니때만 안 놓치면 다 괜찮다는 식이었다.

한참 뒤에야 보혜는 남편에게도 여가를 보내는 나름의 방식이 있었기 때문에 자신에게 신경을 덜 쓸 수밖에 없었다는 것을 알게 되었다.

유 집사라는 여자와 남편은 무려 3년을 만났다. 육체 관계가 있었는지는 알 수 없었지만, 보통 사이가 아닌 것만은 확실했다. 온 교회에 소문이 다 나도록 보혜만 그 사실을 모르다가 남편의 휴대폰을 슬쩍 보고서야 알았다.

보혜는 질투도 분노도 느끼지 않았다. 내가 얼마나

우스웠으면, 내가 얼마나 아무것도 아니었으면 3년이나 그랬을까 하는 생각만 들었다. 그런 마음을 질투라고, 분노라고 굳이 불러야겠다는 사람이 있으면, 그렇게 부르든 저렇게 부르든 상관하지 않겠다는 생각이 들 정도로 아무렇지 않았다.

소문에 대해서는 남편도 모르고 있었다. 보혜가 추궁하자 용서를 빌었으되 모두가 당신의 부정을 안다는 이야기를 듣고는 도리어 화를 냈다. 자기가 망신당할 때까지 당신은 뭘 하고 있었느냐고. 어이가 없는 일이었다. 더 어이없는 부분은 남편이 설교 시간에 몇 마디 하자 모두 그 일을 없던 일처럼 구는 것이었다. 유 집사라는 여자는 공무원인 남편을 따라 이듬해 이사를 갔고 유 집사와 남편 사이의 일은 500가구 공동의 비밀이 되었다. 시골에서는 종종 눈뜬 비밀이 감쪽같이 묻히는 경우가 있다는 것을 보혜는 그런 식으로 배웠다.

그럼 내가 어떡할까요? 내가 어떡하면 좋겠어요, 네?

남편은 애원조로 말했다. 어조와 딴판으로 눈은 이글이글 타고 있었다. 보혜의 양팔에 소름이 일어났다.

이제 그만해요. 그게 다예요.

동성 연애에 대해서 성경에 뭐라고 써 있는지 당신 알지요?

동성 연애가 아니라 동성애라고 바로잡아 주려다 보혜는 입을 다물었다. 남편의 말에는 신앙의 언어와 세속의 언어가 마구잡이로 뒤섞여 있어서 상식적인 말로는 남편을 설득할 수 없었다.

연초 새 신자 초대 주간에 청소년부 반주자가 친구라며 데려왔던 아이는 키가 크고 머리가 짧았다. 흰 얼굴에 이목구비가 시원시원해서 머리를 기르고 뿔테 안경을 벗는다면 누구라도 한번쯤 뒤돌아볼 만한 미인이 되겠구나 싶었는데, 그 예배 뒤로는 다시 보지 못했다. 단한 번 본 얼굴이 그렇게 자주 다시 떠오르는 건 어떻게된 일일까, 누구랑 닮아서 그런가. 곰곰 생각해 봐도 그비슷한 다른 얼굴은 떠오르지 않았다. 생각하다 보면언젠가 보혜의 어머니가 손을 잡고 기도했던 같은 반 여자애도 덩달아 기억나곤 했지만, 그 이유가 얼굴이 닮아서는 아니라는 것을 보혜는 알았다.

그날 설교 시간 내내 보혜는 두 여자애를 보고 있었다. 어깨를 거의 겹치게 하고 앉아 귓속말을 나누는. 이따금 옆 사람 어깨에 머리를 기댔다가 제가 더 놀라 자세를 바로잡고 키득거리는. 앞 의자에 가려져 보이지 않는 그 애들의 손이 서로 포개어져 있으리라는 사실을보혜는 어렵지 않게 짐작할 수 있었다. 포개어져 있는몸의 영역만큼 둘 사이의 경계가 허물어져 있으리라는것을 모르려야 모를 수가 없었다.

단상 바로 아래 놓인 반주자석에서는 본당 안에 앉은 신자들의 얼굴이 낱낱이 보였다. 아마 남편에게는, 목사님에게는 더 잘 보였겠지. 그런 생각을 하자 보혜가 더 안달이 났다. 저 애들이 서로 사랑하고 있다는 걸 나 말고 또 누가 눈치채면 어쩌지, 목사님이 알아 버리면 어쩌지. 저토록 자명한 사랑을 모르고 지나칠 수 있나. 예배가 끝나고 그날이 저물고 다음 예배가 돌아올 때까지도 남편이 그 애들에 대해 특별히 언급하는 일은 없었다. 그러고서야 보혜는 마음을 놓을 수 있었다. 남편이 사랑에 대한 상상력이 아주 희박한 사람이라는 사실에 감사했다.

누구든지 여자와 하는 것처럼 남자와 함께 눕는 자는 가증하다. 성경에는 그렇게 기록되어 있었다. 여자가 여자와 눕는 경우에 대한 언급이 없는 이유는 여자를 남자와 동등한 인격으로 취급하지 않아서였다. 성경대로라면 사람은, 그러니까 남자는, 돼지고기도 먹어선 안 되고 생리 중인 여자와는 겸상도 하지 말아야 했다. 물론 남편은 생리 중인 보혜가 돼지고기를 넣고 끓인 김치찌개를 마다 않고 잘 먹었다. 이런 말들을 남편은 궤변이라고 할 것이었다. 보혜의 행동에 대한 남편의 예상과 남편의 행동에 대한 보혜의 예상은 정밀도가 달랐다. 그건 누가 어느 쪽의 눈치를 더 보면서 살았는가에 달려 있는 차이라고 보혜는 생각했다. 여권을 갱신하고 소녀

시절부터 써 온 일기장을 미리 챙겨 두었다. 평일 오후 3시마다 전화 영어를 한 지 3개월이었고 남편이 모르는 통장에는 편도 항공권값과 반년 치 생활비를 모아 두었다. 그만두자는 보혜의 말은 제안이 아니라 통보였다.

어쩌다 그렇게 됐어요? 당신.

어쩌다 이렇게 된 게 아니라

원래 이런 사람이었어요, 저.

고등학생 시절 보혜가 일기에 쓴 신앙에 대한 소고는 이런 말로 시작되었다.

방언이 이방의 언어를 하는 은사라면 왜 아무도 영어로는 방언을 하지 않는 걸까.

교회에서 영발이 가장 세다는 어머니도, 성정도 믿음도 불같다는 장로 아버지도, 더 바랄 것이 없어서 보혜가 방언의 은사를 받는 것만이 기도 제목이었는데, 10대 시절 이미 방언의 은사를 받았다는 그들의 기도에 아무리 귀를 기울여도 영어로는 방언을 하지 않았다. 교회 사람들 모두가 그랬다. 불어로도, 스페인어로도, 중국어로도 들리지 않는 언어로만 방언을 했다. 그들의 믿음을 폄하하고 싶은 것은 아니었지만, 모두가, 모두는 아니라도 그중 대부분은, 방언하는 척하고 있다는 생각을 지우기 힘들었다. 어머니와 아버지가 바라는 대로,

다른 사람들처럼, 척할 수는 있지만 그러고 싶지 않다고 보혜는 썼다. 어디의 믿음 깊은 사람은 방언을 해석하는 통언의 은사를 받았다고 한다. 통언하는 사람 곁에서 가짜 방언은 탄로 나고 말겠지. 가짜는 싫다. 그렇다고 모두가 가짜라는 것은 아니지만 진짜와 가짜를 구분하는 눈이 내게는 없으므로, 가짜라도 진짜인 척은 하지 않는 것들만 사는 세계에서 오로지 촉감만으로 나의 진짜를 찾아가고 싶어.

조잡하고 필요 이상으로 멋부린 문장으로 보혜는 썼다. 처음과 같이 이제와 항상 영원히. 나는 원래 이런 사람.

남편은 한숨을 길게 내쉬었다. 주섬주섬 혁대를 끄르고 보혜의 머리채를 잡아끌었다. 보혜와 남편은 관계를 가지지 않은 지 오래였다. 그것은 딱히 신앙 때문은 아니었고, 부부라면 늦든 빠르든 언제고 맞닥뜨리는 결혼 생활의 문제라는 것을 들어서 알고 있었다. 돌이켜보면 오히려 다행이기까지 한 일이었다.

보혜는 고개를 돌렸다. 발기하지도 않은 남편의 성기가 얼굴에 들러붙었다. 남편이 어떤 생각으로 이런 행동을 하는지는 알 수 없지만 보혜는 거의 모든 극단을 예상 범위에 두고 있었다. 그중에는 이런 행동도 낮은 확률로나마 포함되어 있었다.

보혜가 버티자 남편은 손에 침을 발라 스스로 성기를

세웠다. 보혜는 남편이 이끄는 대로 일어서고, 남편이 미는 대로 돌아섰다. 피아노 뚜껑을 내리고 보혜는 기다렸다. 입구 주변에서 한참 동안 꼼지락거리는 남편의 성기가 느껴졌다. 이것조차도 작위적이고 연극적이라고 보혜는 생각했다. 뭔가 무척 성난, 나보다 우위에 있는 자신, 그런 것을 연출하고 싶어 하는 거겠지, 짐승처럼. 동성애를 고백한 10대 소녀들에게 교정 강간이 통한다고 믿는 남자들처럼. 처녀를 살해하는 것이 율법에 어긋난다는 이유로 굳이 강간한 뒤에 죽였다는 중동 사람들처럼. 마운팅으로 무리 내에서 자신의 우위를 입증한다는 유인원들처럼. 그러나 남편은 그런 폭력을 연출하기에는 이미 나이가 많았고 보혜는 그런 작위에 겁을 먹을 수가 없을 만큼 남편을 잘 알고 있었다.

보혜는 문득 남편이 가엾다고 생각했다.

마지막으로 단 한 번만 남편의 연극에 장단을 맞춰 주기로 했다. 그러고도 남편은 한참을 들어오지 못했다. 문득 노래를 부르고 싶다는 생각이 들어 보혜는 콧노래를 불렀다. 사랑은 언제나 온유하며

사랑은 언제나 오래 참고.

곤륜을 지나

밤새 선체는 멀미의 기색으로 두근거렸다. 자영은 침상으로 전해지는 진동이 높은 파도로 인한 것인지 낡은 엔진에서 비롯된 것인지 구분해 보려고 애쓰다가 순간에 쏟아지듯 화장실로 달려 들어갔다. 문은 완전히 닫히지 않았고 화장실은 서 있기에도 좁았다. 안으로 열리는 문에 등을 떠밀린 채로 자영은 변기에 기대 왁 하고 소리를 질렀다. 변기에 고인 물이 적어 토사물이 풀리지 않고 그대로 쌓였다. 자영은 짜내듯이 구역질을 반복했다. 구멍 난 음식물 쓰레기 봉투가 된 듯한 기분이었다. 입에서 늘어져 나오는 쓴 물을 거푸 뱉어 버리고 손잡이를 누르자 변기는 굉음을 내며 자영이 토한 것을 빨아들였다. 자영은 변기에 아주 천천히 물이 다시 스미어

오르는 것을 보다가 손을 씻었다.

화장실 불을 끄기 전에 자영은 잠깐 버티고 서서 곳곳을 살폈다. 반쯤 열린 화장실 문을 따라 바닥에는 누르고 네모난 빛이 그려져 있었고 그 밖은 상대적으로 어둡게 보였다. 자영의 시선은 맞은편 침상에 고정되었다. 모포 뭉치 치고는 묵직하고 인영이라기엔 왜소한 것이 자영에게 등을 보인 채로 웅크려 있었다. 늙은이는 승선 직후부터 내내 저 모양이었다.

살아 있을까?

자영은 무심히 자문하고 혼자 놀랐다. 모포 뭉치에서 질그릇을 긁는 듯한 소리가 여러 번 났다. 기침 소리로 자영은 늙은이의 안녕을 알았다. 이어 늙은이는 들릴락 말락 한 소리로 에이, 지랄맞은…… 하고 중얼거렸다. 자영은 늙은이가 애초부터 깨어 있었음을 알아차렸다. 지랄맞은 건, 하고 자영은 튀어나오려는 대꾸를 입에 고인 신물과 함께 넘겼다.

지랄맞은 건 어머님이잖아요.

자영은 역한 숨을 삼키며 침실을 빠져나갔다.

인천을 떠난 지 족히 세 시간은 된 듯한데 먼바다는 온통 컴컴했다. 앞으로 나아가고 있다는 확신을 주는 것은 더 이상 전파를 수신할 수 없다는 휴대폰 신호뿐이었다. 자영은 남편과 마지막으로 한 통화를 떠올렸다. 남편은 면세점에서 조니워커 블루를 꼭 세 병 사 오라고 당부했다. 한 병은 자신의 몫이고 나머지는 부장과 차장에게 한 병씩 주겠다는 것이었다. 면세 주류 두당 한 병씩밖에 못 살걸? 그래? 안 되는데. 술 안 사는 사람 있나 잘 봐 봐. 여행 예약을 할 즈음부터 몇 번이나 했던 이야기였기 때문에 짜증이 났다. 할 말이 그것밖에 없어? 남편은 자영이 갑자기 왜 이러는지 모르겠다는 듯 응? 하고 되물었다. 넌 처가 생각은 요만큼도 안 하지? 그거야 뭐, 당신이 알아서 챙기겠거니……. 남편은 여전히 영문 몰라 하며 말을 흐렸다. 면세라고 양주가 한두 푼 하는 것도 아닌데, 니네 부장 차장, 하다못해 네 입만 입이고 우리 엄마 입은 주둥이야? 남편은 한동안 말이 없었다. …… 어떻게 잘 다녀오란 말도 않고 자기 필요한 것만 얘기를 해? 두 명이 가는데 세 병을 사 오라느니 말도 안 되는 소리까지 하면서. 자영의 말에 남편은 피곤하다는 듯이 대꾸했다. 그래, 잘 다녀와. 엎드려 절을 받지. 어떻게 잘 다녀오니? 자영은 내처 쏘아붙였다. 난 산도 싫고 중국은 더 싫어. 수화구 저편에서 아까와는 결이 다른 침묵이 건너왔다. 자영은 눈치채지 못한 채로 참았던 말을 덧붙였다. 그중에 제일 싫은 게 뭔지 알아? 자기네 엄마야. 또, 또, 또, 수상한 신호음이 들리더니 통화가 끊어졌다. 자영이 탄 배가 막 통화 가능 지역을 벗어난 것이었다.

창사 기념일 며칠 전부터 자영은 그답지 않게 떨고 있었다. 자영은 그해로 근속 10주년을 맞은 세 사람 중 하나였고, 경영 부서에서 일하고 있었기에 근속자 포상으로 주어질 상품이 무엇인지도 이미 알고 있었다. 상품 후보였던 모 기업 계열사의 백화점 상품권과 여행 상품권 중 후자를 택한 것도 바로 자영이었다. 그러고 보면 회사의 크고 작은 행사에 자영이 그런 식으로 입김을 불어넣은 일이 적지 않았다. 워크숍 장기 자랑이나 단합 대회 제비뽑기 상품으로 빨간 자전거나 디지털카메라 따위를 슬쩍 끼워 넣고 결재 단계까지 모른 체하는 것이었다.

상품까지는 그런대로 좌지우지할 수 있어도 당첨 운은 어쩔 수 없었다. 자영이 원한 물건들은 매번 남의 것이 되어 흩어졌다. 자영의 후배 하나가 상품을 타 싸게 넘기겠다고 한 적도 있지만, 어쩐지 빈정이 상한 자영이 거절했다. 제 돈 주고 살 형편이 못 되는 것도 아니고 그리 필요한 것도 아니었다. 거절하는 순간 자영은, 자신이 바란 게 빨간 자전거가 아니라 그만한 횡재일지도 모른다는 생각을 문득 했다. 사는 동안 자영은 운이 좋다고 느낀 적이 별로 없었다. 그런 자신의 삶을 내려다보는 어떤 거대한 존재가 있다면, 그가 조금은 자신을 아끼고 있다는 생각이 들 만한 행운이 꼭 한 번쯤은 찾아와 주었으면 하는 것이 자영의 소박한 바람이었다.

운이야 어쩔 수 없는 것이라 해도 약속된 상품은 물러지지 않을 것이었다. 사내에 여직원으로서 10년 근속자 격려를 받는 경우는 자영이 최초였다. 견뎌서 얻을 수 있는 것이라면 무엇에든 자신이 있었다. 그럼에도 자영은 창사 기념일 며칠 전부터 잠을 설쳤다. 예정된 횡재가 기쁘기는 했지만 그만큼 불안하기도 해서 숨이 막힐 지경이었다. 창사 기념일까지는 무탈하게 시간이 흘렀다. 자영이 걱정한 것처럼 천재지변이나 갑작스레 회사가 망하는 허무맹랑한 일들은 일어나지 않았다. 당일에는 예정대로 단축근무 후 인근 호텔 연회장에서 시상식을 했고, 이미 알고 있던 바대로 9박 10일의 유급휴가와 100만 원짜리 해외여행 상품권을 얻었다. 동료들이 보내 준 사진 속에서 자영은 상패를 들고 환히 웃고 있었다.

선수를 친 쪽은 늙은이였다.

현관 비밀번호를 알려 준 뒤부터 늙은이는 예고도 없이 집에 찾아오기 시작했다. 양손에 가득 든 꽃다발이며 상패, 선물 따위를 내려놓고 비밀번호를 누르려는데, 안으로부터 문이 열리더니 자영의 가슴께 높이에서 늙은이의 얼굴이 불쑥 튀어나왔다. 대체 언제부터 기다린 걸까. 귀도 밝구나, 초인종을 누른 것도 아닌데 발소리만 듣고 문을 열다니. 부풀어 있던 가슴이 풀썩 꺼지는 듯했다. 늙은이의 작은 눈은 나이답지 않은 총기로 번뜩였다. 그 눈빛에 자영은 모처럼의 횡재를 자진해서 내놓아야 할 것 같은 불안을 느꼈다. 꽃다발이나 상패 같은 건 눈에 띄라고 만든 것이어서 어디 숨길 수도 없었다.

아범한테 들었다.

어쩐 일이시냐고 묻기도 전에 늙은이가 말했다. 그러니까 어쩐 일이시냐고는 물을 필요도 없었다. 늙은이는 소파에 앉아 있었고, 자영은 제자리인 양 자연스레 소파 앞 탁자 건너 바닥에 무릎을 모아 앉았다. 스스로 어진 아내라 여긴 적도 없었지만, 그 순간만큼은 남편을 확 어떻게 해 버리고 싶다는 생각이 들었다. 남편이 늙은이한테 어디까지 고해바쳤는지가 관건이었다. 모처럼의 휴가를 시댁에 와서 보내라는 것만 아니라면 참을 수도 있을 듯했다. 부상은 현금도 아니고 하물며 국내도 아닌 해외여행 상품권이니, 늙은이로서는 어쩌지 못할 거라 생각했다.

…… 내가 생각해 둔 데가 있는데 말이다.

예? 하고 자영은 되물었다. 늙은이는 놀란 자영을 물끄러미 쳐다보았다. 아차 싶어 고개를 숙이는 자영에게 늙은이는 손을 내밀었다.

이리 내 봐라.

뭐를요, 어머님……?

그거 말이다, 그거.

으레 그래 왔듯 늙은이는 넌 애가 어째 그래 시원찮니, 하는 눈으로 자영을 쏘아보았고, 자영은 설마 이건 아니겠지 하면서도 주섬주섬 물건을 꺼냈다. 여행 상품권을 촬영용으로 확대 복사해 만든 피켓이었다. '가람투어 해외여행 상품권'이라는 문구 밑에 쉼표 두 개와 공여섯 개가 달린 액수가 적혀 있었다. 늙은이가 돋보기를 꺼내지 않고도 읽을 수 있을 만큼 큰 글씨였다.

어머님 그건요, 실제 상품권이 아니고 보여 주려고 만든 거고요. 여행은 제가 여행사에 직접 전화해야지 갈 수 있어요.

아무렴 네가 해야지, 내가 손수 해야겠니.

늙은이는 피켓을 도로 자영에게 내밀었다. 자영은 말문이 턱 막힌 채로 피켓을 건네받았다. 이상한 일이었지만, 늙은이로부터 그것을 건네받는 그 순간부터 자영에게는 그것이 더 이상 자기 것처럼 느껴지지 않게 되었다. 억울한 마음보다 피곤하다는 생각이 먼저 들었다.

어멈아.

자영은 조글조글하고 차가운 감촉에 기겁하며 일어났다. 이불 아래로 늙은이의 손이 불쑥 들어와 있었다. 선실 안은 어두웠다. 구역질하다 지쳐 간신히 잠든 지 두어 시간이나 되었을까. 자영은 배 위라는 사실을 간신히 기억해 냈다.

아침 먹으란다.

늙은이는 자영을 돌아보지도 않고 선실을 나섰다. 도저히 뭘 먹을 기분도 상태도 아니었으나 자영도 침상을 빠져나와 늙은이의 뒤를 따랐다. 어스레한 아침 햇살을 받아 늙은이의 형광색 등산용 점퍼가 빛났다. 저걸 사느라고 백화점 개장 시간부터 온 건물을 훑고 다녔고, 시외 상설 매장까지 차를 몰아 나갔다. 그 야단을 치고서 기어이 산 옷은 처음 갔던 백화점에서 제일 먼저 입어 본 신상품이었다. 폐장이 임박한 시간이었고 자영 명의의 카드로 3개월을 긁었다. 외툿값만도 여행 상품권으로 본 이득을 절반 가까이 까먹은 셈이었다. 등산화는 말할 것도 없었다.

백화점 상품권 대신 여행 상품권을 고른 내심은 이런 것이 아니었다. 모자라면 조금 보태서라도 친정 엄마와 발리나 싱가포르 같은 데를 가 볼까 하는 구상이었다. 친정 엄마가 자궁 적출 수술을 받은 지 반년이 좀 넘은 차였다. 처음이자 마지막이라고 생각하고, 다음 검사 결과를 보아 내년 봄이나 여름쯤 휴양 삼아 다녀오면 좋겠다, 했던 것이다.

기왕 늙은이가 선수를 쳤으니 친정 엄마에겐 여행 상품권 얘기를 꺼내지 않으려 했는데 늙은이는 눈치 없이 사돈에게 전화해 자랑까지 했다. 한 해에 한두 번 안부를 물을까 말까 하는 사이에 그런 일로 전화할 건 뭐람.

여행을 앞두고 자영은 속이 상해 위 내시경까지 받았다. 늙은이의 여권, 비자 문제며 남편과의 크고 작은 다툼까지, 자영에게 좋은 일이라곤 하나도 없었다. 그중에서도 최악은 늙은이가 자영에게 동행을 요구한 것이었다. 죽도록 가고 싶지만 늙은이 혼자서는 죽어도 못 가겠다는데 할 말이 없었다. 그런 이유라면 남편이 가는 게 백번 낫지 않을까 했으나, 유급휴가는 네가 받았지 내가 받았냐는 남편의 핀잔에 억지 춘향으로 따라나선 것이었다. 산도 싫고 중국도 싫다는 말은 괜한 소리가 아니었다. 애초에 돈을 주며 가라 해도 마다할 여행이었다. 독박을 이중 삼중으로 쓰면서 벌받는 기분이었다.

저기 언니, 우리 사진 좀 찍어 줘요.

건너편 식탁에 앉아 있던 여자들 중 하나가 휴대폰을 내밀며 말을 걸어왔다. 중년보다 나이가 있을 듯했고 노인으로까지는 보이지 않았다. 휴대폰을 쥔 손에서 두꺼운 쌍가락지가 빛났다. 아직 배에서 내리지도 않았고 썩 고급 식사를 하고 있는 것도 아닌데, 어지간히도 여행 기분에 들뜬 모양이었다.

딸이 참 효녀인가 봐.

사진을 찍어 준 뒤에도 쌍가락지는 싱글싱글 웃으며 계속 말을 건네 왔다.

그쪽도 사진 한 방 찍어 드려요?

그럽시다.

자영은 거절하려 했지만 뜻밖에도 늙은이가 고개를 끄덕였다. 자영은 내키지 않는 표정을 숨기려 애쓰며 휴대폰 잠금 패턴을 풀어 쌍가락지에게 건넸다.

둘이 좀 붙어 봐. 모녀간에 내외하나?

쌍가락지의 일행이 웃음을 터뜨렸다. 늙은이가 자영에게 바싹 다가왔다. 정수리 부근에서 기름 냄새가 은은하게 풍겼다.

딸이 아니고 며늘애요.

늙은이가 대꾸했다. 쌍가락지는 휴대폰을 돌려주며 적이 놀랐다는 듯 말했다.

고부간에 어쩜 이렇게 닮았어?

쌍가락지의 일행도 한마디씩 거들었다. 닮았네 닮았어. 효부야 효부. 닮았다니까 서로 싫어하네 그래. 자영은 그게 다 듣기 좋으라고 하는 소리나 농담인 것을 알면서도 속으로 치를 떨었다. 휴대폰 속 자영과 늙은이는 굳은 얼굴로 어색한 팔짱을 끼고 있었다. 체구가 작은 늙은이가 머리 하나는 더 큰 저에게 달라붙은 꼴이 얼굴만 주름진 어린애 같아서 싫은 생각이 들었다.

식사들 맛있게 하고 계십니까? 이번 여행에 오마니 아바지들 모시게 된 가이드 한옥순입니다.

어느새 가이드가 홀 가운데 무대에 올라서 있었다. 산발적으로 박수가 터져 나오자 가이드는 손을 흔들어

화답했다. 아직 학생티를 못 벗은 듯한 여자애였다. 십니까, 입니다 할 때 네와 늬 사이의 묘한 발음이며 억양을 보아 연변 출신인 듯했다.

우리 훼에리는 앞으로 30분 후에 청도, 칭다오항에 닿습니다. 이어지는 순서는 여러분이 고대하시든 노산 트레킹입니다. 식사를 마치시고 선실을 정리하시며 대기하시면 되겠습니다.

자영은 새삼스러운 사실을 아득한 심정으로 받아들였다. 즉 여정은 이제 막 시작되었을 따름인 것이다. 가이드의 말은 앞으로 사흘, 돌아오는 날 반나절을 빼고도 이틀을 꼬박 늙은이와 붙어 있어야 한다는 의미였다. 한두 푼 아끼자고 휴대폰 로밍을 안 해 온 게 후회스러웠다.

급한 대로 일주일짜리 현지 번호를 개통받아 쓰기로 했다. 배에서 내리자마자 부랴부랴 입국 심사 줄을 섰지만 늙은이가 여권을 복대 속에 넣어 뒀다는 통에 줄 맨 끝으로 밀려났고, 심사장을 지나 통신사 대리점에 들어가니 말이 통하지 않아 가이드를 불러야 했다. 가이드는 일정에 차질이 생긴다며 곤란해했고 늙은이는 생돈 써 가며 시간을 날린다고 타박했다. 죄송합니다 죄송합니다, 하며 자영과 늙은이가 맨 마지막으로 버스에 오르자 나머지 여행객들이 일제히 눈총을 쏘았다. 면식이 있는 쌍가락지가 이리 앉으라며 손짓했다.

아범이냐? 우리 잘 도착했다.

막상 전화가 개통되자 늙은이가 먼저 전화를 썼다. 구구한 얘기 없이 통화는 끝났지만 그조차 아까운 생각이 들었다. 앞좌석에 앉은 쌍가락지가 복도로 고개를 내밀어 자영에게 말을 걸었다.

어떻게 시엄마 모시고 여행할 생각을 했어? 기특하게.

자영이 얼른 대답하지 못하자 늙은이가 끼어들었다.

우리 어멈이 워낙 타고나길 착해. 착해서 싫은 소리 한 번 못 해.

뜻밖의 칭찬에 자영이 놀라건 어쩌건 늙은이는 자영 자랑을 한창 늘어놓았다. 나중에는 숫제 자리를 바꾸어 늙은이와 쌍가락지가 계속 이야기를 나누게 하면서도 자영은 영문을 몰랐다. 늙은이가 이렇게 말이 많은 노인인 줄도 몰랐거니와, 결혼한 지 7년이 넘도록 늙은이로부터 칭찬을 들은 기억이 없었다. 허구한 날 부르는 호칭부터가 시비조였다. 아이도 없는 자영 내외를 어멈, 아범이라 하는 것은 부를 때마다 타박하는 거나 마찬가지였다.

우리 엄마 원래 그래.

남편은 자영의 하소연을 매번 그런 말로 일축했다. 그 말을 들을 때마다 자영은 원래 그렇다는 말의 편리함을 곱씹어 보곤 했다. 늙은이를 마주할 때마다 자영은 인간 미만의 어떤 존재가 되는 것 같은, 형언할 수 없는 비참함에 휩싸이는데, 그런 기분을 다 설명하기도 전에 남편은 그 이유를 한마디로 줄여 말하는 것이었다. 늙은이가 원래 그런 사람이라고 한다면, 자영도 원래 그런 사람이라고밖에 할 말이 없었다. 싹싹하고 눈치 빠른 며느리 같은 것이 될 소질은 자영의 몫이 아니었다.

홀어머니 외아들 사랑이 극진하다는 이야기를 한두 번 들은 것도 아니고, 갓 취직해 앞길 창창한 아들을 다섯 살 더 먹은 여자한테 장가보내는 게 아까우리란 생각은 자영도 수긍할 수 있었다. 집안 얘기까지 보태자면, 늙은이는 혼자라도 땅이 많아 돈 좀 만져 본 과부였으나 자영의 친정은 적자를 면치 못하는 시골 슈퍼 말고 가진 게 없었다. 인사하러 처음 찾아간 날 늙은이는 자영을 대문 안에도 들이지 않고 돌려보냈다. 연이어 세 번을 찾아가서야 자영은 무릎을 꿇고나마 늙은이를 마주 볼 수 있었다. 늙은이는 승낙할 수 없다 잘라 말하지 않았지만 뜻대로 하라고도 하지 않았다. 자영 혼자 진땀 빼며 앞으로의 계획을 늘어놓을 따름이었다. 허락하신다면 간소하게 식을 치르고 모아 둔 돈과 제 집 보증금을 합쳐 전세를 얻을 생각이다. 아이를 갖더라도 당분간은 직장에 다니고 싶다, 두 사람 저축과 수입이면 도움을 안 주셔도 빚 없이 시작해 길어도 10년 안에 집까지 장만할 수 있다, 무슨 말을 해도 늙은이는 그저 자영을 보고만 있었다. 한마디 책망도 듣지 않았지만 자영은 말할수록 자기 죄를 변호하고 있는 듯한 기분이 들었다. 그날도 남편은 자영을 바래다주며 무심히 말했다. 우리 엄마 원래 그래. 수년이 지난 지금까지 그 말을 이해할 수 없으리란 사실을 그때의 자영으로선 알 길이 없었다.

군이 중국 여행을 고집한 것은 늙은이답지 않은 일이었다. 남편이 아는 한 늙은이는 여행은커녕 외사 한번 해 본 적이 없을 거라 했다. 지은 지 족히 50년이 되었다는 옛날식 양옥에서 늙은이는 붙박이장처럼 지내 왔다. 왕복 네 시간 거리에 있는 자영네에 다녀가는 정도가 그나마 늙은이 일생의 가장 긴 여정일 것이었다.

무슨 바람이 들어 늙은이는 곤륜에 가겠다 한 것일까. 곤륜이라는 지명은 또 어디서 들은 것일까. 노인정 등산회 패거리의 자랑을 들었든 명산 약수 운운하는 약장수 달변에 녹았든 뭐에 단단히 홀린 것이 분명했다. 아무리 그래도 사람이 하루아침에 이럴 수가 있나. 지리산 한라산에 가자 해도 놀라울 마당에 중국 곤륜산이라니. 자영의 의문에 남편은 간결하고 산뜻하게 답했다.

그래? 우리 엄마, 원래 안 그런데.

정말이지 산이 싫다는 건 빈말이 아니었다. 노산이라기에 막연히 완만한 늙은 산이겠거니 했는데, 노산의 노 자는 산 이름 로 자이면서 험할 로 자이기도 하다고 가이드가 일러 주었다. 함께 온 관광객들은 대부분 쌍가락지와 같은 반늙은이들이었다. 숨을 몰아쉬며 고통스레 한 발짝씩 옮기는 자영더러 다들, 젊은 그쪽이 그러니 우리는 어떻겠냐며 한마디씩 했다. 그러고는 한 명 한 명 웃으면서 자영을 앞질러 가 버렸다.

늙은이는 그 나이대 노인 치고도 왜소한 체격이면서도 처지지 않고 잘 걷고 있었다. 가이드는 최고령자인 늙은이를 배려해 대열 맨 앞으로 갔다가 맨 뒤로 돌아오곤 했는데, 걱정해야 할 쪽은 늙은이가 아니라 자영인 것을 입산 한 시간이 채 못 되어 알아차린 듯했다.

힘이 많이 부치십니까?

밤에 하도 멀미를 해서……. 먹은 것도 없고…….

가이드의 물음에 자영은 저도 모르게 얼굴을 붉히며 손사래를 쳤다. 가이드는 이상하다는 듯 고개를 갸웃거렸다.

본래 황해상 훼에리는 로링이 적어서 웬만하면 멀미를 안 한다는데, 어디가 안 좋으신 건 아닙니까?

제가 체력이 좀 달려서요.

가이드는 아무 타박도 하지 않았지만 자영은 어쩐지 자기보다 나이가 훨씬 많은 사람들도 아무렇지 않게 잘하고 있는 일에 체력 핑계를 대는 게 부끄럽게 느껴졌다. 불현듯 산의 이름이 떠올랐고 새삼스레 그 낱말이 낯익다는 생각을 했다. 뒤이어 산 입구에서 본 붉은 나무도 떠올랐다. 나무는 사람들이 소원을 빌며 묶은 붉은 끈에 수천 번, 수만 번 매여 그 자리에 있었다.

아이를 가지려는 노력은 번번이 실패로 돌아갔다. 두 사람 중 누구의 문제도 아니라니 더욱 억울한 노릇이었다. 형편상 회당 500을 호가하는 체외수정 시술은 두 번까지가 한계였다. 내심 늙은이의 도움도 바랐지만 남편은 그럴 생각까진 없다고 잘라 말했고, 갑부라던 늙은이는 동네 소문난 수전노이기도 하여 사정을 알면서도 요지부동이었다. 자식 복도 팔자에 다 나와 있는 것인데, 애써 가지려 해도 안 생기면 말아야지 하는 것이 늙은이의 뜻이었다. 정말로 그렇게 생각하신다면 왜 아직도 어멈 아범이라 부르시냐고, 자영은 감히 묻지 못했다. 친정 엄마에게라도 하지 못할 말이었다.

늙은이가 무정하고 차가운 편이라면 친정 엄마는 불 같은 사람이었다. 어릴 때 동네에 자영의 울음소리를 못 들어 본 사람이 없었다. 잘못을 하면 얻어맞고, 변명을 해도 얻어맞는데 입을 다물면 더 호되게 얻어맞았다. 똑바로 쳐다보면 쳐다본다고, 고개를 숙이면 왜 눈을 피하느냐고 때리는 게 친정 엄마였다. 대학을 나오고 취직을 하고 시집을 가서도 변함없이, 누가 보든 안 보든 자영에게 호통을 치곤 하던 사람이었다.

그러던 사람이 수술 날짜를 받고부터는 별안간 초식

동물처럼 온순해졌다. 그때까지 자영은 늙은이보다도 친정 엄마를 더 어려워했었다. 자영을 이렇게 만들어 놓은 엄마가 영 딴사람이 되어서 별 거리낌도 없이 미안했다. 뉘우친다 말하는 것이 낯설었다. 수술 이후 쇠약해진 엄마를 보며 자영은 연민마저 느꼈고 동시에 그 연민에 경악했다. 그런 속내도 자영은 털어놓지 못했다.

가이드가 나눠 준 붉은 리본에는 어떤 소원도 선뜻 쓸 수 없었다. 거의 포기한 임신에 대해 쓰기도, 친정 엄마의 건강을 기원하기도 망설여졌다. 흘끗 건너다본 쌍가락지의 리본에는 로또, 건강이라고 적혀 있었다. 반장난으로 로또라고 쓴 사람이 쌍가락지 말고도 태반은 되었다. 누구도 이것을 자기만큼 진지하게 생각하고 있지 않다는 사실을 자영도 알고 있었다. 그렇다고 아무것도 아닌 것처럼 가볍게 써 버리고 싶지는 않은 것이 문제였다. 자영은 원래 그런 사람이었다.

불쑥 늙은이가 손을 내밀어 자기 몫의 리본을 건네주었다. 지영이 고개를 들었을 땐 이미 저만치 혼자 앞서 가 버린 채였다. 자영이 뒤처지기 시작한 것도 그때부터였다.

마지막 계단을 딛고 자영이 허리를 펴자 일행이 박수를 보내왔다. 정상이었다. 노산의 제일봉이라는 거봉이 난간 너머에 그림처럼 솟아 있었다. 인정하고 싶진 않지만 성취감이 들었다. 쌍가락지가 다가와 잘 해냈다며 등을 두드렸다. 자영은 벅찬 해방감마저 느꼈다.

신기하네요.······ 그냥 걸을 땐 언제 끝나나 하는 생각밖에 안 들었는데, 다른 생각 하다 보니 금방이네요.

자영이 중얼거린 말에 쌍가락지가 미소 지었다. 원래 힘들 땐 딴생각하는 거야. 한 가지 생각만 하면 더 힘들지. 자영은 눈으로 늙은이의 행방을 좇았다. 늙은이는 거봉이 바라다보이는 난간 곁에 뒷짐을 지고 서 있었다.

모두 수고하셨습니다. 중국에 이런 말이 있지요, 태산은 비록 구름보다 높지만, 동해의 노산을 당치 못한다. 뒤를 돌아보십시오.

가이드의 말에 돌아선 일행이 일제히 탄성을 내질렀다. 안으로 약간 구부러진 노산의 능선이 바다를 한껏 껴안고 있었다. 한 뼘 높은 허공에 뜬 태양이 황해 위에 무수한 빛의 파편을 뿌려 놓은 채였다.

일행은 곳곳으로 흩어져 서로 사진을 찍기 바빴다. 하마터면 자영도 정상을 밟았다는 성취감과 풍경으로부터 받은 감동에 등을 떠밀려 늙은이에게 함께 사진을 찍자고 할 뻔했으나, 내내 등을 보이고 서 있는 늙은이를 보자 정신이 들었다. 늙은이는 자영이 부르기 전까지는 다가오지 않을 작정인 듯했다. 한순간이나마 먼저 뭘 하자고 할 뻔한 게 어처구니없다는 생각과, 애도 아닌데 이쯤에서 져 드려도 되지 않나 하는 생각이 서로 다투었다. 여기까지 올라와서 사진을 안 찍으면 손해라는 본전 생각과 함께 늙은이를 따돌리고 독사진을 청할 수도 없다는 생각도 들었다.

결국 두 사람을 찍어 주겠다며 가이드가 다가올 때까지, 자영도 늙은이도 먼저 말을 꺼내지 못했다. 못 이긴 척 찍은 사진이었지만 늙은이가 줄곧 서 있던 데가 거봉이 한눈에 보이는 좋은 자리였던 덕에 결과는 썩 괜찮았다. 적어도 자영과 늙은이 모두 선상에서 찍은 사진보다는 한결 밝은 표정이었다.

계약 당시 여행사는 강매 없는 여행이라 강조했으나 노산에서 내려온 일행이 제일 먼저 안내받은 곳은 휴게소처럼 식당과 기념품점을 겸한 가게였다. 점원들 중 절반은 가이드처럼 말이 통하는 연변 출신이었고 나머지 절반도 흥정 정도는 한국말로 할 수 있었다. 엄밀히 말해 강매라고 보기는 어려웠지만 치사하다는 말 정도는 나올 법한 수였다.

자영은 비위가 상해 젓가락을 내려놓은 지 오래였다. 식당 음식이 입에 맞지 않아 매점에서 사 온 빵은 더더욱 맛이 없었다. 늙은이 또한 음식이 마음에 들지 않는 기색었는데 기어코 자기 몫을 다 먹어 치웠다. 원체 음식을 남길 줄 모르는 사람이어서인지 자영이 아무리 그만 드시라고 권해도 듣지 않았다. 시원치 않은 이로 누리고 질긴 음식을 오랫동안 씹고 삼키는 모습은 보는 쪽이 더 고역이었다. 자영은 여러 번 고개를 돌려 소리 없이 헛구역질을 했다. 식사를 마친 늙은이는 다른 일행들처럼 건강식품과 자석 장신구에 관심을 보이더니, 아범에게 준다며 산삼 캡슐 제품과 녹용 진액을 각각 한 통씩 샀다. 자영은 절대로 그것들을 남편에게 먹이지 않으리라고 속으로 다짐했다.

호텔이 식당보다는 나았다. 방에서 어딘지 고수 향 같은 것이 배어나긴 했으나 걱정한 것보다는 깔끔하고 넓었다. 시트가 약간 습했지만 눕지 못할 정도는 아니었고 텔레비전에서는 한국 채널이 거의 다 나왔다. 무엇보다 마음에 드는 점은 트윈 침대 사이에 있는 간이 칸막이였다. 감히 대놓고 칠 수는 없겠지만 그것이 거기에 있다는 사실만으로도 위로가 되었다.

목욕 후에 자영은 그 유명한 칭다오 맥주를 한 캔 뜯어 침대에 자리를 잡았다. 내내 빈속이었고 출국 전부터 식도염 증상을 보였지만 크게 개의치 않았다. 맥주야말로 여행 와서 처음으로 먹는 입에 맞는 음식이었다. 늙은이 눈치가 보이기는 했지만 뭐라고 해도 이번만은 못 들은 체할 작정이었다.

복도에서 나이 든 여자들이 자지러지게 웃는 소리가 났다. 몇 번인가 자영과 늙은이의 잠긴 방문이 덜걱거리며 헛돌기도 했다. 저녁 식사 무렵부터 쌍가락지가 다른 등산회하고 미팅을 하니, 한국에서 쟁여 온 소주를 마시니 자랑스레 떠들던 것이 생각났다. 시끄러워서인지 저녁을 먹은 지 한참 되었는데도 늙은이가 아직 깨어 있었다. 늙은이는 자영이 맥주를 들고 침대에 앉자 자기도 반듯이 자세를 고쳐 앉았다.

그거 나도 좀 줘 봐라.

자영은 귀를 의심했다. 술이라고는 제사 때 음복술, 대보름에 귀밝이술 정도밖에 모르는 양반이었다.

어머니, 이건 거품 나고 따가워서 드시기 힘들 텐데요…….

글쎄 줘 봐라.

자영이 내키지 않아 하며 내민 맥주를 늙은이가 잽싸게 낚아챘다. 목욕 후 마실 맥주의 청량감을 기대하며 제법 들떴던 기분이 도로 가라앉았다. 한두 모금 맛보고 주겠거니 했지만 늙은이는 맥주 캔을 쥐고 놓지 않았다. 자영은 한참 눈치를 보다가 냉장고 미니바에서 새 맥주를 꺼냈다. 하다 하다 먹던 것까지 빼앗아 가나, 늙은이를 등진 채 자영은 입을 비죽였다.

힘드냐?

예?

자영이 흠칫 놀라 늙은이를 돌아보았다.

힘드냐고 했다.

잘못 들은 게 분명하다고 생각했으나 틀렸다. 늙은이

는 자영의 눈을 쳐다보며 또박또박 다시 발음했다. 분위기가 이상하게 흘러간다는 생각이 들었다. 늙은이는 아예 자영 쪽을 바라보고 앉은 채, 작고 조글조글한 양손으로 맥주 캔을 꼭 붙들고 있었다.

제가 뭐가 힘들어요, 어머니.

자영은 어렵사리 웃음 지으며 대답했다. 도대체 늙은이의 속을 읽을 수가 없었다.

네가 덕 없고, 팔자 사나운 노인네를 만나서 힘에 많이 부칠 것이다.

늙은이는 자영의 대답을 기다리지 않고 계속 말했다.

…… 너한테 시조모 되는 양반이 치매셨다.

자영은 이 이야기를 남편에게 들어 알고 있었다. 또 시작인가. 늙은이는 계속해서 말을 이었다.

난 꼭 네년 생일에 죽어서 네년 생일마다 젯밥 받아먹겠다던 분이셨다.

썩 듣고 싶은 이야기는 아니었다. 자영이 불편한 내색을 하는데도 늙은이는 입을 다물지 않았다.

생전 사람을 그렇게 미워해 본 적이 없었다…….

잠시만요, 어머니.

순간 왈칵하고 치솟아 오르는 욕지기에 자영은 벌떡 일어났다. 늙은이가 마침내 말을 멈추고 자영을 바라보았다. 늙어서 눈꺼풀이 무너져 내린 눈은 검은자위밖에 보이지 않았다. 그 눈에 비친 연민이 식은 고깃국 가장 자리에 낀 기름처럼 역했다. 자영은 얼른 시선을 피했다. 구역질이 계속 났다. 자영은 한 손으로 입을 가리고 화장실로 뛰어들었다. 게워 낼 것은 거의 없었고 방금 마신 맥주가 도로 올라온 것이 다였다. 식도가 타들어 가는 듯 시큰거렸다.

죄송해요, 어머니. 속이 안 좋네요.

자영은 화장실을 나오자마자 바람을 쐰다며 휴대폰을 들고 베란다로 갔다. 늙은이가 무슨 말을 하려던 것인지는 정확히 알 수 없지만 어떤 의도로 말을 꺼냈는지는 알 것 같았다. 어설픈 사과나 위로라면 절대 받고 싶지 않았다. 누가 사과하랬나, 위로해 달랬나. 도리어 크게 모욕당한 느낌이 들었다. 그깟 말 몇 마디로 자기 혼자 편해지려고? 자기 마음만 편해지면 그만이고, 그간 잘못한 것 있으면 다 잊어버리라고?

찬바람을 맞바로 맞아서인지 눈에 눈물이 맺혔다. 자영은 인상을 쓰며 남편에게 전화를 걸었다. 남편은 전화를 받지 않았다. 조금 망설이다가 이번에는 친정 엄마에게 걸었다. 전화를 받은 건 친정 아버지였다. 낯선 국제 전화번호가 자영의 것임을 확인하고 안부를 묻는 아버지의 목소리가 어쩐지 조금 낯설었다.

그래, 좋더냐? 중국은.

좋기는……. 왜 아버지가 받아요? 엄마 전화를.

아버지는 잠깐 사이를 두고 대답했다.

병원이다.

자영이 대답할 말을 찾기도 전에 아버지가 한숨 쉬며
말을 이었다.

너희 엄마 입원했다.

도가도 비상도라는 말이 있습니다.

그렇습니다, 노자 도덕경 첫머리에 나오는 말이지요?
뜻을 고대로 풀면 길이라 하는 길은 길이 아니다, 이런
말입니다. 해석이야 분분하지만은 재미 삼아 곤륜산을
두구서 한 말이라 풀기도 합니다. 곤륜, 즉 쿤룬에는 신
선경으루 가는 길이 있는데, 길 아닌 길루 가야만이 신
선경에 이를 수가 있다는 말입니다.

왜들 웃으십니까? 쿤룬에 높이 오르면 사람이 강건
해지구요, 더 높이 오르면 영이 된다고 합니다. 여기서
영이 된다는 거는 영 골루 간다는 게 아니지요. 우리 조
선 사람 신앙에는 죽으면 혼백이 되지, 영이 된다구 안
합니다. 기러면 영이 된다는 거는 무엇이냐, 육신이 가
벼워지고 갓난아이처럼 마음이 맑아진다는 말이 아니
겠소? 그걸루 끝이 아니구요, 쿤룬에 가장 높이 오르면
종내에 무엇이 되느냐. 그렇지요, 신선경에 들어가니 신
선이 되지 않갔어요?

어제 오른 라오산이 명산이라믄 쿤룬산은 영산입니
다. 한데, 오늘 우리 오마니 아바지 들이 신선이 되셔서

한국에 못 돌아들 가시면 큰 야단이 나니, 딱 절반 올라서 영만 되고 말 거이에요. 요해들 하셨습니까?

일행은 가이드의 말에 유치원생들처럼 네, 하고 소리 높여 대답했다. 입도 뻥끗 안 한 사람은 자영 하나뿐이었다. 자영은 미간을 찌푸린 채 다른 데를 쳐다보고 있었다. 친정 엄마가 병원에 있다는데, 곧 재수술을 받아야 한다는데 내가 여기서 도대체 뭐 하는 건가. 약장수처럼 듣기 좋은 말을 다 갖다 붙인 가이드의 궤변에 코웃음이 나는 한편 자기가 아닌 친정 엄마가 여기 왔어야 한다는 생각이 들었다. 일정은 하루 반나절이 남아 있었다. 늙은이만 아니었으면 당장에 공항으로 달려갔을 것이다. 애초에 늙은이가 아니었으면 일어나지도 않았을 일이다.

자영은 오열했다. 당장 한국으로 돌아가겠노라고, 엄마는 괜찮은 거냐고 정신없이 물었다. 오히려 아버지가 담담하고 차분했다. 어차피 수술은 자영이 돌아온 뒤에나 할 것이고, 그리 심각한 상황은 아니라며 자영을 진정시켰다. 괜히 돈은 돈대로 더 쓰고 예약된 일정 망칠 필요가 없다, 편하게 놀다 와라……. 어떻게 편하게 놀다 갈까요? 이런 얘기를 듣고서. 통화를 마치고 자영은 미친 듯이 남편에게 전화를 걸었다. 남편은 무얼 하는지 도통 전화를 받지 않았다. 우리 엄마가 아파서 입원했다는데 사위란 놈은 연락이 안 되고, 나는 그런 놈의 엄마를 모시고 여행을 왔고, 늙은이는 뭘 잘못 먹은 건지 노망이 난 건지 안 하던 친한 척을 자꾸 하고. 본전이랄 것을 따질 수 없겠지만, 자영은 그런 게 하나도 남지 않았다고 느꼈다. 삶 그 자체랄까, 삶을 굽어보는 어떤 거대한 존재가 정말로 있다면 그는 틀림없이 자신을 미워하고 있을 거라는 확신마저 들었다.

울음을 그쳤으나 망연자실해진 자영은 찬바람 부는 베란다에 한참을 더 서 있었다. 베란다 문을 열고 다시 방에 들어왔을 때 늙은이가 잠들어 있었다. 그 자세 그대로 늙은이는 기침 한 번 하지 않고 밤새 죽은 듯이 잤다. 자영은 어쩐지 약이 올랐다. 속수무책으로 날이 밝았다.

몸은 좀 괜찮아?

쌍가락지가 자영의 등을 다독였다. 괜찮을 리가 있나, 아침에 침대에서 몸을 일으키는 것부터가 일이었다. 이래서 산행이 싫었다. 얼굴을 제외한 전신 근육이 다 비명을 지르는 듯했다. 손이 살짝 스치기만 해도 욱신거렸다. 자영이 인상을 쓰자 쌍가락지가 민망해하며 손을 거두었다.

어제는 그래도 다 계단이었지, 오늘은 길도 다 바윗길이라 자일도 타야 되고, 경사도 좀 험할 텐데.

그런가요.

자영은 심드렁하게 대꾸했다. 라이방 선글라스를 끼고 입술을 붉게 칠한 쌍가락지의 얼굴이 멋쩍게 웃으며 지나갔다. 저 여자는 나같이 젊은 사람에게 이런 하찮은 취급을 받고도 아무렇지 않나. 자영은 조금 미안한 생각이 들어 쌍가락지의 뒷모습을 오래 바라보았다. 친정 엄마나 늙은이보다는 확실히 젊지만, 자영만 한 딸이나 며느리가 있다 해도 이상하지 않을 나이로 보였다. 좋은 사람이었다. 늙은이에 비할 수 없이 편하게 느껴질 만큼 붙임성이 좋았고 친정 엄마와는 다르게 건강했다. 아마 며느리나 딸에게도 좋은 사람이겠지, 자영은 체념조로 단정지었다. 쌍가락지의 뒤통수가 이내 모퉁이를 지나 사라졌다.

늙은이도 그렇거니와, 친정 엄마는 사실 언제 죽더라도 어색하지 않을 나이였다. 그냥 일어날 수도 있는 일이 운 나쁘게 두 번 일어난 것뿐이었다. 그러나 할 수 있는 일이 없다고 가만히 있을 수도 없었다. 그렇다고 뾰족이 할 수 있는 일이 있는가 하면 그것도 역시 아니었다.

어느새 행렬의 후미에는 자영과 늙은이밖에 남지 않게 되었다. 자영은 늙은이가 말을 걸기 전에 척척 올라가 버리고 싶은 마음이 굴뚝같았지만, 오히려 늙은이가 자영에게 보조를 맞추고 있는 이상은 어림도 없는 일이었다. 자영은 전날처럼 가이드가 뒤로 오기를 기대했으나, 등산로가 험해서인지 가이드는 뒤로 돌아오는 대신 자영과 늙은이가 눈에 보일 때까지 기다렸다가 다시 앞서 나가기를 반복했다. 처음에는 금방금방 따라잡을 수 있었지만 갈수록 가이드를 찾는 데 더 오랜 시간이 소요되었다. 거의 수직으로 뻗다시피 한 계단에 다다라서야 가이드를 직선거리에서 겨우 따라갈 수 있게 되었다. 계단이래 봤자 흰 바위 비탈을 깎아 빨래판같이 엉성한 홈을 여러 개 낸 것이었다. 자칫 중심을 잃고 계단 바깥쪽으로 떨어지면 신선경이고 뭐고 황천행이 분명했다.

입산 한 시간 만에 일행은 길을 잃었다. 가이드의 말에 따르면 일부러 정상 등산로를 이탈한 것이었다. 그것이 골짜기마다 숨겨진 비경을 찾는 곤륜 산행의 묘미이기에 여행사마다 독창적인 등산로를 개발하는 데 여념이 없다고 했다. 자기는 지금 오르는 창산봉만 해도 백 번은 넘게 올랐다는 것이 가이드의 말이었다. 완만하고 넓적한 바위를 딛고 어린 나무가 여러 그루 자라고 있었다. 잘해야 허리께밖에 오지 않을 나무들이 성기게 심긴 길 너머로 제법 까마득한 아래가 엿보였다. 저만치 앞서가는 일행이 소인국의 과수원을 거니는 거인들 같았다.

내가 복이 없다.

그때껏 말이 없던 늙은이가 마침내 입을 열었다. 자영은 대답하지 않았다. 올 것이 왔다고 생각했다.

내가 복이 참 없어.

늙은이는 그 말을 크기와 높낮이만 달리하여 여러 번 되풀이했다. 자영은 귀를 막고 뛰어내리고 싶어졌다. 이런 말을 들으려고 이제껏 참은 것이 아니었다. 몇 걸음 앞서 걷고 있는 늙은이를 확 자빠뜨리고 벼랑 아래로 던져 버리고 싶은 충동도 들었다. 뭐가 영산이고 뭐가 신선경인가. 드는 생각이라곤 온통 흉측한 것들인데.

나는 아범 낳을 때 내 복을 다 썼다.

문득 늙은이가 그 자리에 멈추었다. 늙은이의 발뒤꿈치를 보며 걷던 자영이 하마터면 늙은이를 정말 밀어 넘어뜨릴 뻔했다.

내가 복이 없으니 네가 고생한다. 인연이라는 게…….

자영은 우뚝 서 있는 늙은이를 지나쳤다. 늙은이는 따라오지 않았다. 자영이 몇 걸음 못 가서 다시 돌아설 때까지 늙은이는 멈춰 선 채였다.

좋게 말하니 인연이지, 알고 보면 다 업이다. 내가 네 업이고, 네가 내 업이란 말이다.

듣기 싫어요.

자영이 빨개진 눈으로 늙은이를 쏘아보았다. 듣기 싫다고. 제발 그만둬. 그런 말 몇 마디 하면 나를 다 이해한 것 같은 기분이 드나요. 늙은이는 자영의 말을 듣지 못한 것 같았다. 그럴 것이었다. 자영은 애초에 아무 말도 입 밖에 내지 못했다.

업이 씻어진다더라. 곤륜에 오면…….

불현듯 주책없이, 자영의 눈에 눈물이 고였다. 이내 방울져 흐른 눈물의 길이 산바람에 순식간에 식었다. 자영은 돌아서서 눈물을 닦았다. 늙은이는 그제야 입을 다물었다. 자영은 찬 눈으로 비탈길 저편을 바라보았다. 일행이 보이지 않게 된 지도 어느새 한참이었다. 갈 길이 멀었다. 머지않은 곳에 경사로를 따라 붉은 쇠사슬이 박혀 있었다. 그것을 붙들고 올라가야 할 모양이었다.

거기서 뭐 하세요. 어머니.

몇 발짝 걷던 자영은 늙은이가 아직 그 자리에 붙박여 서 있는 것을 알았다. 늙은이는 자영이 부르는 소리도 못 들은 척 꼼짝도 하지 않았다. 노인네 가지가지 하네. 자영은 돌아서서 성큼성큼 걸어 늙은이에게 다가갔다. 땅바닥만 쳐다보고 있는 늙은이의 맥없는 얼굴에서 이상한 위화감이 느껴졌다.

어머니.

어머니.

자영이 거푸 부르자 늙은이는 고개를 외로 틀며 자영을 보았다. 힘없는 눈꺼풀이 반쯤 덮인 검은자위가 자영을 모르는 어린애의 것처럼 천진했다. 그 순간에 늙은이가 실금했다.

자영은 소리도 지르지 못했다. 김이 모락모락 나는 오줌이 바위 비탈을 가로질러 굽이치며 흘러갔다. 늙은이는 차가워진 가랑이를 붙들고 주저앉아 어린애처럼 흐으응 하고 울기 시작했다.

이제 어떻게 해야 하지.

시간이 얼마나 흘렀는지 알 수 없었다. 늙은이는 훌쩍거리기만 할 뿐 도통 자리에서 일어나려 하지 않았다. 울고 싶은 쪽은 자영이었다. 미친 노인네가 끝내 이러려고 여기까지 나를 데리고 왔나. 보는 눈도 없는데 정말 확 던져 버릴까. 온갖 욕설이 턱 끝까지 들어차 들끓었다.

망설임 끝에 자영은 겉옷을 벗고 늙은이에게 등을 돌려 댔다. 의외로 늙은이는 순순히 업혔다. 도리어 기다렸다는 듯한 기세였다. 괘씸하고 약이 올랐지만 다른 수가 없었다.

자영은 겉옷을 포대기처럼 둘러 늙은이의 몸과 자기의 몸을 단단히 묶었다. 추위와 근육통으로 온몸이 부서질 것 같았으나 그런 것은 둘째 문제였다. 가던 길을 올라야 할지 오던 길을 되짚어야 할지 판단이 서지 않았다. 올라가자니 일행을 놓친 지 오래에 여기가 어디쯤인지도 알 수 없었고, 내려다보니 비탈이라 생각하고 지나온 것이 전부 아득한 벼랑이었다. 자영은 역력한 피로를 느꼈다.

차고 조글조글한 두 손이 자영의 목 앞을 교차했다. 등에 매달린 것으로부터 악취가 풍겨 왔다. 그럼에도, 자영은 생각했다. 그럼에도……. 차마 끝까지 할 수 없

는 말이었다. 자영은 녹슨 쇠사슬을 붙들었다. 깊이 박
힌 쇠말뚝을 뽑아 버릴 듯이 사슬을 당겼다. 허공으로
두 개의 머리통이 동시에 솟아올랐다.

기
미

언니. 일어나.

원희는 새벽마다 그 목소리를 들으면서도 매번 그것이 자기 모친의 음성이라는 것을 잊은 채로 깨어난다.

그 인간이 또 왔어. 무서워 죽겠어.

"어디."

저기 있잖아. 저기. 빨리 내쫓아.

원희는 몸을 뒤집어 바닥을 짚는다. 등을 대고 있던 자리에 식은땀이 배어 서늘하다.

양팔을 뻗은 채로 엄마가 가리키는 허공을 향해 걷는다. 엄마는 계속 뇌까린다. 아아 무서워, 무서워 죽겠네. 고와이요. 고와이데스요. 원희는 팔을 휘휘 내젓는다.

"나가. 나가."

갔다 갔어. 아이 다행이다.

이렇게 끝나는 날이 있고 그렇지 않은 날도 있다. 어떤 날은 빗자루를 휘둘러도 소금을 뿌려도 소용이 없다.

엄마는 다시 잠든다. 가래 섞인 숨소리가 높낮이를 달리하며 반복되다가 어느 순간 끊어진다. 가래가 넘어간 것이다. 그렇게 넘어간 가래를 밥 먹다 말고 툭 떨어뜨릴 때도 있다. 가래가 알아서 나오는 건 좋은 일이다. 엄마는 숨을 몰아쉬고 볼 근육에 힘을 주어 가래를 뱉을 힘이 없고, 가래가 잘못 넘어가면 기도를 막을 수도 있다. 원희는 한쪽 무릎을 세워 윗몸을 기댄 채 엄마의 잠을 살핀다. 한껏 부풀어 올랐다 푹 꺼지는 이불 위에 새벽 기운이 푸른 띠처럼 도사린다. 조금 전 엄마가 가리켰던 방향에는 오래된 텔레비전의 반질반질한 화면이 있다.

일과가 그렇게 시작된다.

텔레비전을 켜 두고 부엌으로 가 새로 미음을 쑨다. 텔레비전 화면이 밝아졌다 어두워졌다 하면 이내 엄마의 잠이 얕아진다. 처음에는 음소거 상태로 해 두었다가 왔다 갔다 하면서 소리를 점점 키워 자연스럽게 깨도록 하는 것이다. 이 요령을 터득하는 데에 반년이 걸렸다.

엄마가 깨어나면 요강에 앉혀 아침 소변을 누게 하고 기저귀를 갈아 준다. 틈틈이 따로 일을 보게 해 주기는 하지만 원체 방광이 약하고 밤사이 물똥을 지릴 때가

더러 있어 평소에도 기저귀를 채워 두어야 한다. 요강을 비운 다음 아침상을 차린다. 지은 지 하루가 넘은 미음을 상에 올리면 엄마는 냄새가 난다며 고개를 돌린다. 갓 쑤어 낸 새 미음에 잘게 자른 젓갈을 올려 주어야 받아먹는다.

여기에 독을 탔지?

엄마는 그릇에 고개를 처박을 듯 수그린 채로 묻는다. 이런 질문도 처음이 아니다.

"안 탔어."

독을 탔어. 날 죽이려고.

"안 탔어."

언니 이 개 같은 년아.

엄마는 반쯤 고꾸라진 자세 그대로 얼굴만 쳐들고 원희를 노려본다. 원희는 엄마 앞에 놓인 그릇을 제 앞으로 끌어온다.

"멀쩡한 밥에 독을 타긴 왜 타."

엄마는 연거푸 숟갈을 입으로 가져가는 원희를 보다가 주먹으로 상을 내리친다.

내놔. 내놔. 내 거야.

원희는 그릇을 도로 엄마 앞으로 밀어 준다. 엄마는 숟가락을 쥐고 물끄러미 보는 듯하더니 그릇과 함께 내동댕이친다.

후게츠.

후게츠.

원희는 일본어를 배운 적이 없지만 그 말은 무슨 뜻인지 짐작할 수 있다. 상을 닦고 새로 미음을 한 사발 떠다시 엄마 앞에 둔다. 모친은 배가 고파서인지 제풀에지쳐서인지 더는 타박하지 않고 미음을 먹는다.

밥상을 걷은 뒤에는 텔레비전을 켠다. 세상이 좋아져서 6시가 되기 전에도 텔레비전에 사람이 나온다. 엄마는 아래턱을 떨어뜨린 채로 젊은 남자 연예인이 진행하는 요리 쇼 프로그램 재방송을 보고, 원희는 그러는 엄마의 뒤통수를 보다가 나와서 방문을 닫는다. 문에는 손잡이가 없어 손목 두께의 구멍이 뻥 뚫려 있고, 그 두 뼘 위에 자물쇠 걸이가 달려 있다. 맹꽁이자물쇠를 걸어 꾹 누른 다음 원희는 집을 나선다. 현관문은 신호음을 내며 자동으로 잠긴다.

안개가 짙다. 원희는 주머니에 손을 넣어 차 키 버튼을 누른다. 빌라 앞 공터에 서 있던 승합차가 짧은 경적으로 화답한다. 안개가 짙어도 차는 노랗다.

하루의 첫 승객은 새벽 운동을 하는 태권도장 아이들이다. 새벽반은 초등학교 고학년부터 등록할 수 있다. 새벽반 일곱 명 중에 세 명은 군인 아파트에 살고, 군인 아파트에서 차에 타는 아이들은 전부 초등학생이다. 군인 아파트는 시내에서 10여 분 떨어진 공터에 문득 솟아 있는 오래된 건물이다. 원희가 사는 소읍 전체를 통

틀어 10층이 넘어가는 건물은 군인 아파트뿐이다.

군인 아파트에 살지 않는 아이들 중 두 명은 중학생, 두 명은 고등학생이다. 새벽반 아이들은 다들 한 해 넘게 같이 도장을 다녀서 서로 잘 안다. 오가는 길에 각자 모은 사진과 동영상을 서로 바꾸어 본다. 새벽반에 다니는 아이들은 모두 남자애들이다. 때문에 동영상에 등장하는 여자들이 전부 헐벗고 있다는 것쯤은 보지 않고도 알 수 있다. 동영상에서 흘러나오는 거친 숨소리를 듣지 않으려고 원희는 자주 라디오 소리를 높인다.

새벽반 아이들을 돌려보낸 다음에는 학원 근처 함바집에 간다. 주머니에서 식권 뭉치를 찾아 한 조각 뜯어 카운터 위에 둔다. 집에서는 코를 찌르는 냄새 때문에 밥을 못 먹는다. 하루 종일 침으로 적신 이불과 찔끔찔끔 대소변을 지린 요에서 풍기는 냄새. 식당은 한산하다. 음식은 짜고 맵다. 원희는 숟가락을 놓는다. 자판기에서 나오는 공짜 프림 커피를 들고 차에 탄다.

유치원 등원 시간까지는 한 시간 정도 여유가 있다. 왔다 갔다 하는 시간을 다 해도 집까지는 차로 10분 거리가 안 되지만 원희는 차 안에서 쉰다. 안전벨트를 풀고 등받이를 뒤로 젖힌다. 4월이지만 아직 아침은 쌀쌀하다. 원희는 양손을 교차해 겨드랑이에 찔러 넣었다가 사타구니로 옮긴다. 손바닥으로 가랑이를 쓸어 마찰열을 내다가 두덩뼈를 건드린다. 한두 번은 스쳤다고 할

만하지만 계속 손이 가니 이제 우연도 아니다. 두덩살 가운데를 엄지손가락 마디뼈 하나로 꾹 누른 채 원희는 다리를 꼬아 오므린다.

몇 번인가 그렇게 힘을 주다가 손을 아예 빼 버린다. 등받이를 바로 세우고 시동도 켜지 않은 차의 운전대를 양손으로 꽉 잡는다. 할 일도 없고 만날 만한 사람도 없다. 이 시간에는 더욱 그렇다. 집으로는 가지 않는다. 꾸벅 졸기라도 했다가는 유치원 등원 시간을 놓칠 수 있다. 벌써 반년 전 이야기지만 전임자가 해고된 것도 그래서였다.

원희는 사이드브레이크를 풀고 차를 출발시킨다. 소읍을 반쯤 감싸며 흐르는 천변 도로로 차를 몬다. 몇 바퀴 돌고 출발하면 그럭저럭 시간이 맞는다. 유치원 등원 시간에 원희가 할 일은 제일 먼 동네에 사는 어린애들을 태워 데려오는 것이다. 시내 지역 애들을 한 번에 거의 스무 명씩 데려다 놓는 15인승 차량을 유치원에서는 '큰 차'라고 부르고 원희가 모는 9인승 보조 차량은 '작은 차'라고 부른다. 큰 차는 시내를 두 번 돌고 작은 차는 외곽으로 한 번 돈다. 외곽 지역은 집과 집 사이가 워낙 멀어 큰 차 두 바퀴, 작은 차 한 바퀴 도는 시간이 거의 비슷하다.

하원 시간까지는 여유가 있다. 집에 갈 수밖에 없다. 이렇게 뜨는 시간에 집 말고 달리 갈 곳이 있으면 좋겠다고 원희는 자주 생각하지만 딱히 떠오르는 곳이 없다. 원희가 단순한 사람이어서도 그렇고 이 고장이 단순한 소읍이어서도 그렇다. 원희는 등받이를 바로 세우고 시동을 건다. 갈까, 집. 차는 공회전 상태로 오래 그 자리에 머문다.

*

먼저 온 것은 뇌졸중이었다. 갑작스러웠다. 노인성 질환이 누구에게나 그렇듯이. 그 질병의 이름을 알고 또한 자기가 늙었다는 것을 알지만, 두 가지 사실을 연결지어 생각할 일은 별로 없고, 생각한다고 대비할 수 있는 일이 아니기도 하니까. 하지만 징조는 있었다. 엄마가 쓰러졌다는 전화를 받기 20분쯤 전, 제품에 불량이 나서 라인이 멈췄다. 원희에게도 원희가 속한 라인에서도 드문 일이었다. 라인을 멈추고 긴급 검품을 해 보니 연달아 열 개가 넘는 것이 불량이었다. 그렇게 많은 불량이 동시에 발생했다는 것은 사람의 실수가 아니라는 의미였다. 덕분에 쉬는 시간 아닌 쉬는 시간이 생겼고 그래서 원래라면 바로 받을 수 없었을 전화를 받았다. 병원에서 온 전화였다. 그래서 원희는 그날 라인 불량 문제가 어떻게 해결되었는지 아직도 모른다.

원희와 나이 터울이 제법 나는 오빠 부부는 이미 엄

마를 돌보기에 나이가 많았고 오빠의 아이들은 각각 다른 지방에 살았다. 선택권이 없었지만, 선택했다. 적어도 원희는 그렇게 믿었다.

경기 북부의 종합병원은 원희가 사는 곳이나 엄마가 사는 곳과도 가깝지 않았다. 원희는 20대 때부터 쭉 공장 기숙사나 그 주변에 살았고 원희의 고향에는 종합병원이 없었다. 엄마는 소읍의 가정 의원에서 뇌졸중 소견을 받고 차로 한 시간 걸리는 종합병원으로 이송되었다. 반신이 마비된 엄마는 뒤늦게 도착한 원희를 보며 하염없이 울었다. 똑바로 누워 있는데 눈물이 짝짝이로 흘렀다. 아깝다 아까워. 엄마는 미안해했다. 나 때문에 네 인생 아까워서 어떡해. 얼굴 절반이 마비된 탓으로 엄마는 된소리 발음을 제대로 못 했다. 원희는 생색을 낼 생각이 없었다. 아까울 게 있어야 아까워하지. 나이라면 나도 이미 먹을 대로 먹었는데. 그럴 때 엄마는 기품 있는 시체 같았다. 다 큰 딸에게 아랫도리 시중을 맡기는 게 민망해서 늘 눈을 꼭 감고 있던 엄마는. 힘주어 눈 감은 엄마의 얼굴은 매번 다르게 비대칭으로 일그러졌다.

반년이 못 되어 치매가 왔다.

상태가 나아져 자리에 앉아 밥을 스스로 떠먹을 수 있게 되었을 즈음이었다. 엄마는 밥그릇을 던지면서 욕을 했다. 원희나 원희 뒷벽을 겨누어 던져졌을 밥그릇은 엄마의 팔 힘이 부족한 덕분에 상 테두리에서 떨어져 원희의 발 앞으로 굴렀다. 빌어먹을 년. 도둑년. 더러운 년. 언니! 언니! 언니 이 씨발년아. 개흘레를 붙을 년아. 이게 엄마의 본심일까. 몸만 상하고 정신은 멀쩡했을 때가 어쩌면 위선의 시절이었던 걸까. 한 달쯤 지나 엄마는 또다시 뇌졸중 발작을 일으켰다. 1차 발작 때보다 스스로 움직일 수 있는 근육이 훨씬 더 적어졌다. 기왕이면 얼굴이 다 마비되었어야 하는데. 적어도 혀가 마비되었어야 하는데. 그래야 욕을 못 할 텐데.

그냥 지쳐서, 원희는 이런 생각을 아무렇지도 않게 할 수 있게 되었다. 제정신이 아닌 사람에게 듣는 욕설이라고 상처가 되지 않는 것이 아니었다. 욕 말고는 아무것도 할 줄 모르고 원희를 미워하는 가죽 자루 같은 것이 여전히 원희의 엄마였기 때문에, 엄마는 원래 그런 사람이 아니었다는 것을 알기 때문에 도리어 상처를 받았다. 똥 기저귀를 치우고 주에 한두 번 꼴로 이불 빨래를 하고 엄마를 뒤집어 욕창에서 흘러나온 진물을 닦는, 그런 것들은 오히려 별일이 아니었다. 그 모든 일을, 뱉을 수도 없는 침을 모아 흘리며 원희를 저주하는 사람을 위해 해야 한다는 것이 문제였다.

얼마간 모은 돈도 있고 퇴직금도 있어 당장은 버틸 만했지만, 앞으로 얼마나 이렇게 살아야 하는지 모르면서 수입을 아예 끊어 버릴 순 없었다. 일을 할 수 있는 나이

일 때 다시 취직을 해야 했다. 다만 고향 소읍에는 일자리가 별로 없었고, 몇 안 되는 일자리 가운데 원희가 할 만한 일은 더욱 없는 듯이 보였다. 원희는 공장 일이 제 체질이라고 생각했다. 시간이 돈으로 환산되는 것이 눈에 보이는 직종. 단순 반복 작업이 잘 맞는 편이고 공장을 오래 다닌 이력 덕에 길이 들어 있기도 했다. 엄마의 집에서 가장 가까운 곳에 위치한 공장은 차로 30분쯤 가면 나오는 닭고기 가공 공장이었다. 늘 모집 중이었기에 연락을 넣고 어렵지 않게 면접을 봤다. 공장의 면접은 부적격자를 떨어뜨리기 위한 것이 아니라 일터가 어디인지, 언제부터 출퇴근을 하면 되는지 확인하는 과정에 가까운 법이다. 수기로 쓴 이력서를 지참하고 공장에 간 원희는 다음 주부터 출근할 수 있겠냐는 질문을 받았지만 대답하지 못했다. 원희가 공장 일의 장점이라고 생각한 것들이 엄마를 돌보는 것과 엮이자 모두 단점이 되었다. 하루 종일 일해야 하는 것, 잔업이 많은 것, 만근을 권하는 것. 포장 라인이 돌아가는 동안에 엄마가 또다시 발작을 일으키면 어떻게 될까. 명절 앞두고 물량을 맞추느라 잔업으로 야근을 할 때, 주말 특근을 하고 있을 때 그런 일이 일어난다면? 차로는 30분이지만 통근 셔틀버스로 다닌다 치면 왕복 두 시간인 출퇴근길에 그 일이 일어난다면. 공장에서 일한다는 것은 엄마에게 무슨 일이 일어나도 방치해야 한다는 의미였다. 첫 발작이 일어난 후 원희는 항상 최악의 상황에 대한 각오를 가슴 깊은 곳에 품고 있었다. 하지만 자기가 어떤 일을 일부러 하거나 혹은 하지 않아서 엄마가 잘못되는 상황은 그리 상상하고 싶지 않았다.

*

"그럼 분유를 타 드려. 분유에 영양분 얼마나 많아."

성미는 곡명을 짐작도 할 수 없는 클래식 음악을 틀고 자리에 앉는다. 원희가 하루 중 가장 좋아하는 시간이다. 1시 반 초등 저학년 태권도 수강생들을 데려다 놓고 피아노 학원 응접실에 앉아 성미와 커피를 마시는 시간. 엄마가 또 새벽부터 미음 그릇을 엎어 버렸다는 이야기를 전한 참이다. 원희는 성미가 프림 두 스푼, 설탕두 스푼을 깎아 금색 도료로 장식한 찻잔에 옮겨 담는 것을 유심히 본다. 마침 그런 이야기를 하고 있어서인지 프림의 질감이 분유와 비슷해 보인다.

"해 봤어. 달아서 그런가 잘 드시지도 않고……."

왠지는 모르겠지만 똥 냄새가 더 역해지더라. 원희는 그 말을 하지 않는다. 성미는 혀를 차며 전기 포트를 기울인다. 화제 때문인지 오늘따라 커피는 똥색이고 증기는 갓 싼 똥에서 피어오르는 김처럼 느껴진다. 원희는 그런 생각을 하면서도 아무렇지 않게 뜨거운 커피를 입에 머금는다. 원희의 심상을 알 리 없는 성미도 우아하게 커피 잔을 들어 쥔다.

성미는 원희가 아는 사람 가운데 최고로 성공한 사람이다. 성미는 피아노 학원에서, 성미의 남편은 태권도장에서, 성미의 큰딸은 1층 유치원에서 선생 노릇을 한다. 읍내에서 차로 5분 남짓 떨어진 4층 건물이 성미 일가의 것이다.

틈틈이 집으로 돌아가 엄마 상태를 확인할 수 있는 학원 차 운전 일을 시작한 것은 친구 성미의 배려 덕이었다. 면허를 한참 전에 딴 데다 갱신을 해야 하는 줄도 몰랐던지라 다시 운전학원에 한 달 정도 다녀야 했는데 성미는 그것도 기다려 주었다. 운전을 원래 하지 않던 터라 적응하는 게 걱정이었는데 차가 적은 시골길 운전이다 보니 금세 익숙해졌다. 무엇보다 급여를 현금으로 주는 것이 괜찮았다. 성미에게도 원희에게도 좋은 일이었다. 공식적으로 수입이 없는 셈이어서 원희는 엄마 이름으로 수급자 신청을 넣을 수 있었다. 엄마는 다른 건 잘 모르거나 이해하지 못하면서 본인 이름으로 꼬박꼬박 들어오는 돈이 있다는 것만큼은 금세 알아차렸다. 언니 네 이 도둑년아. 엄마는 그 돈만으로 엄마의 생명을 유지할 수 없다는 사실이나 원희가 세금을 떼지 않고 벌어 오는 돈이 그보다 많다는 것을 이해하지 못했다.

"왜 그렇게 고생을 시키실까? 네가 언제 속을 썩이기

나 했어야 이제 와서 죄받는다고 하지, 너처럼 얌전한 애가 없었는데."

성미의 나쁜 버릇은 엄마를 원희의 벌처럼 말하는 것이다. 원희도 그런 식으로 생각한 적이 있다. 그렇지만 생각하면 할수록 엄마의 병은 원희의 업보가 아니었다. 때문에 의미 없는 원망은 하지 않는다.

"엄마 말고는 아무것도 없는 게 답답해. 다른 게 힘든 게 아니고."

"애인이 없어서 그래. 애인 하나 만들어 볼래?"

화장실 청소 솔을 새것으로 바꾸라는 투로 성미는 말한다. 커피를 보며 엄마가 갈긴 똥을 떠올리고도 아무렇지 않던 원희는 놀라서 뜨거운 커피를 한 모금 크게 삼킨다. 목부터 배까지의 비좁은 길로 짧고 진한 통증이 지나간다.

"무슨 애인, 이 나이에?"

"애인 사귀는 데 나이가 따로 있니? 우리만 늙고 남자는 안 늙니? 늙은 남자가 젊은 여자 만나는 거, 도시에서나 그렇지. 시골 살면 우리 또래 남자들 다 또래 찾아. 사람이 없으니까."

아침저녁으로 들르는 함바집에서 가끔 자기 몸에 머무는 시선을 의식한 적이 있기에 원희는 성미의 말을 금세 이해한다. 이따금 학원 차 안에서 가랑이 사이에 손을 꽂고 있는 습관도 잠깐 떠오른다.

"애인 하나 안 사귀고 시골 살기 얼마나 심심하니?"

"너도 있어? 애인."

원희는 성미의 남편을 떠올린다. 그 나이 치고 탄탄한 몸이지만 술 담배로 배에만 살이 두둑하게 오른 남자. 얼굴만 봐도 나 성격 있소, 쓰여 있는 남자. 성미는 웃는다. 원희는 성미의 웃음을 긍정으로 이해한다. 성미는 자기 얘기를 건너뛰고 남편 욕을 늘어놓는다.

"그 인간은 뭐 바람 안 피우는 줄 아니. 걸린 것만 몇 건인데. 나 다 안다고, 돌려 말하면 알아듣지를 못해. 아예 대놓고 학부형하고는 그러지 말라고 하고부터 좀 자제를 하지, 네가 그 인간 군인 마누라 건드리고 개망신당한 꼴을 봤어야 되는데."

그런 일이 있었구나. 지금은 다들 쉬쉬하겠지만 그때는 이 심심한 동네에서 큰 구경거리였겠다. 원희는 그 일을 목격하지 못한 것이 아쉬운지, 다행이라 여기는지 헷갈려 하면서 멋쩍게 웃는다.

*

언니.

언니 남자 생겼니?

원희는 뒤를 돌아보는 대신 거울에 비친 엄마의 얼굴을 본다. 엄마는 잘 움직여지지 않는 얼굴을 한껏 일그러뜨리며 웃고 있다. 뭔가에 씐 것처럼 어린 여자애 말투로 원희를 부르는 엄마가 새삼 징그럽게 느껴진다. 차라리 욕을 하지. 지랄을 하지, 평소처럼. 원희가 하는 생각에는 원망도 타박도 섞여 있지 않다. 다만 기저귀를 갈 때가 되었다는 것을 안다. 방광이 비어 편해져서일까, 엄마는 오줌을 쌀 때마다 저런 표정을 짓는다.

기저귀를 싸서 버리고 돌아온 원희는 다시 좌식 화장대 앞에 앉는다. 화장품 몇 가지는 원희가 쓰던 것이고 또 몇 가지는 예전에 엄마에게 선물한 것이고, 나머지 몇 가지는 엄마가 가지고 있던 것이다. 화장품 특유의 인공적인 냄새에 엄마의 침과 오물 냄새가 섞여 찌르듯 고약한 향이 난다. 못해도 삼사 년은 묵은 립스틱의 질감과 냄새는 유치원생들이 쓰는 향기 나는 크레파스 같다. 종일 해를 쬐며 운전을 하느라 그을어 군데군데 거뭇거뭇한 얼룩 따위가 생겼고 눈에 보이지는 않지만 손으로 쓸면 요철이 느껴지는 얼굴은 질이 영 떨어지는 종이 같다. 때문에 화장은 자꾸 원희가 생각하는 것처럼 되지 않고, 어린애의 색칠 공부 책처럼 어딘지 괴기스러운 모양이 된다.

공장 기숙사에 살 때 원희는 멋쟁이 선배로 통했다. 숙식에 돈이 많이 들지 않아서 버는 대로 고스란히 돈이 모였고 정기적으로 만나는 사람도 없어서 용돈은 주로 옷값, 화장품값에 썼다. 같이 일하는 공장 사람들은 애인도 없는 원희가 멋 부리는 것을 신기하게 여기는 한 편 통이 큰 원희를 좋아했다. 옷이나 화장품을 아낌없이 빌려주고는 망가뜨려도 물어내라 하지 않는 원희. 제 물건을 그리 아까워하지도 않는 원희가 그래도 멋을 부리고 다닌 까닭은 공장에 다니는 사람처럼 보이고 싶지 않아서였다. 원희는 공장에 다니는 것에 아무런 불만이 없었고 오히려 공장을 좋아했지만 사람들이 공순이를 어떻게 보는지에는 신경을 썼다. 멋을 내고 외출하면 원희보다 한참 어린 남자들이 따라다니는 것도 은근한 보람이 있었다.

그런 시절도 있었다는 것을 원희는 그동안 생각도 않고 지냈다.

원희는 카세트테이프 조립 공장에서 고데기를 만드는 공장으로, 고데기를 만드는 공장에서 휴대용 포토프린터를 만드는 공장으로 이직했다. 원희가 나 그거 만들어요, 하고 말하면 열에 아홉은 원희가 공장에 다닌다고 생각하지 않고 그 제품의 개발 부서쯤 되는 곳에서 일을 하는 것으로 알아들었다. 나이를 먹으면서 원희는 점차 어떤 일을 하는지 말하지 않아도 되는 관계만 갖게 되어 갔다. 더는 아무와도 만나지 않게 된 지도 여러 해가 된 참이었다.

앞으로 그럴 일이 있을까.

주말이어서 학원 차를 몰 필요도 없고, 학원 차를 몰

때야말로 화장할 필요가 없어 항상 맨얼굴이던 원희가 오랜만에 화장대 앞에 앉은 것은 성미가 산악회에 원희를 초대했기 때문이다. 성미는 나이트니 카바레니 다 소용없고 이게 최고라고 호들갑을 떨었다. 다 늙은 인간들이 서로 등 떠밀어 주고 헉헉대면서 산 타는 게 뭐 그렇게 신통한 일이라고 그럴까. 원희는 화장을 다 하고도 뭔가 빠뜨린 듯한 기분에 한참 거울 앞에 그대로 앉아 있다가 나와서 방문을 걸어 잠근다. 자기 차를 몰고 집 앞까지 마중을 온 성미가 경적을 울린다.

"데리러 올 것까진 없는데."

"데리러 안 오면 뭐, 학원 차 끌고 나오려고 했어?"

성미의 핀잔에 원희는 배시시 웃는다. 어쩐지 화장을 할 때부터 속이 근질근질했는데 이제야 웃음이 난다. 어렸을 때는 새 옷을 입을 적마다 이렇게 속이 간지러웠는데, 그러고 보면 뭔가 새로운 경험을 할 거라는 기대조차 하지 않게 된 지가 오래됐다. 집에서는 영 나지 않던 웃음이 성미의 차 안에서는 터져서 잘 그치지 않는다.

성미가 원희를 데려간 곳은 고향 소읍에서 차로 30분쯤 떨어진 산이다. 소읍 사람들은 별로 찾지 않지만 오히려 산 타기 좋아하는 다른 지역 사람들에게 더 이름이 난 산. 주차장도 널찍하고 올라가는 길에 절도 있고 쌍쌍이 앉아 있기 좋은 장소도 곳곳에 있다고 성미가 귀띔을 준다.

"마음에 드는 남자 있으면 무조건 들이대. 알겠지?"

"애인이나 부인 있다고 하면 어떡해?"

"알 게 뭐야, 이런 데서 만나서 오래가는 남자도 없어."

원희가 간과한 것은 또래 남자를 만나는 일도 오랜만이지만 등산을 안 한 지는 그보다 훨씬 오래되었다는 점이다. 엄마를 들었다 놨다 하며 돌보느라 많이 늘었다고 생각했던 체력이 산 앞에서는 아무런 의미가 없었다. 헐떡이며 일행 뒤로 처지는 원희를 성미는 챙겨 주기는 커녕 산악회에서 만난 남자와 저만치 앞서 나간다.

"많이 힘드세요?"

뒤에 서 있던 남자가 말을 걸어온다. 원희는 흘끗 그를 돌아보고는 그가 자기 몫으로 남겨진 짝이겠거니 짐작한다. 원희가 제때 대답을 않자 남자는 끙차, 하고 헛힘 쓰는 소리를 내며 원희의 허리를 받쳐 민다.

"하지 마세요."

원희가 당황하여 그를 만류하지만 남자는 끙차, 끙차 소리를 되풀이해서 내며 원희를 밀어 올린다. 혹시 내 말이 애교나 아양으로 들렸나. 원희는 그런 생각으로 다시 한번 돌아보았다가 곧 힘을 풀고 몸을 맡긴다. 그러고 보면 양손으로 등허리를 다 감쌀 만큼 큰 손이 제 몸에 닿은 감각이 얼마 만인지 모른다. 불현듯 아랫도리가 뿌듯해진다.

산에서 내려온 다음 원희는 큰 고민도 없이 그와 정

사를 나눈다.

아기기에는 늙은 몸이야. 원희는 군데군데 희끗한 털이 솟은 남자의 가슴팍을 손끝으로 쓸면서 생각한다. 하나도 아깝지 않다. 원희에게는 아까운 것이 하나도 없다.

"가 봐야 해요."

일어나 브래지어 훅을 다시 채우는 원희에게 남자는 다 안다는 투로 말한다.

"남편 때문에?"

"남편 없어요."

"나도 혼자예요. 자고 가지 그래요."

남자는 나이에 맞지 않게 응석을 부리듯 원희를 부른다. 돌아보니 남자가 손을 내밀고 있다. 원희는 피식 웃는다. 데려다준다는 말을 거절하고 모텔을 나와 걸어서 집까지 간다. 서울로 통하는 국도변에 자리한 모텔에서부터 원희의 집까지 걸어서 40분이 걸린다.

자물쇠를 따고 들어간 안방의 어둠 속에서 원희는 잠시 머뭇거린다.

소리가 안 들린다. 아무 기척도 없다.

그만 숨을 놓아 버린 걸까, 엄마는. 쇠약해질 대로 쇠약해져 언제 숨을 놓아도 이상하지 않을 엄마는. 하필이면 원희가 남자와 몸을 섞는 사이에 엄마는. 불을 켜야 하는데 스위치가 잘 짚이지 않는다. 원희는 귀와 손에 온 신경을 집중시키면서 벽을 더듬는다.

언니야.

불쑥 엄마의 목소리가 나타나 원희의 발목을 잡는다. 언니야, 라고 한 걸까 원희야, 라고 한 걸까. 엄마의 맑은 정신은 아주 드물게 돌아오곤 한다. 엄마의 정신이 분명해지는 순간은 원희가 엄마를 돌보는 고생이 모두 헛것이 아니었다는 아주 작고 뚜렷한 위로인 동시에, 나머지 모든 시간의 죄책감을 서너 배로 부풀리는 것이다. 손끝에 형광등 스위치가 닿는다. 원희는 숨을 한껏 들이쉬어 머금은 채로 방 불을 켠다.

엄마는 자고 있다.

소리 없이 풍선처럼 부풀었다 꺼지기를 반복하는 엄마의 윗몸을 원희는 한참 보다가 주저앉는다.

제발 그만하면 안 될까. 엄마.

숨을 그만 쉬면 안 될까. 원희는 아무런 원망도 품지 않은 마음으로 되뇐다. 그러다 문득, 엄마가 숨 쉬는 공기를 아까워해 온 것만 같은 기분이 들어 소스라친다.

*

남자는 군인 아파트에 산다. 자기야말로 혼자라는 남자의 말은 거짓말이 아니다. 원희는 단 한 번 나갔던 산악회에 더는 나가지 않고, 학원 차 운행 시간이 비면 남자의 집에 들른다. 산악회 모임에 나가지 않는 것은 남자도 마찬가지다. 쉽게 만났지만 진심이라는 의미에서. 원희가 나타나지 않았다면 남자는 그날 모임에서 원희가 아닌 누군가를 만났을 것이고 누구를 만났어도 정성을 다했을 것이다. 원희는 그 점에 아무런 감흥이 없다. 바로 그 점에서 이 관계에 의미가 있다고 생각한다. 필요한 것은 그 남자가 아니라 이런 얘기를 하고 가끔 몸을 나눌 만한 낯선 사람이었으니까.

"한번은 엄마가 없어졌었어요."

남자는 원희의 말을 귀 기울여 듣는 것처럼 보인다.

"첫 번째 발작 있고 치매기 생길 무렵이었는데, 멀리도 갔더라고요. 시외버스터미널 가는 길에서 찾았어요."

남자는 고개를 끄덕인다. 원희는 남자의 눈빛이 어쩐지 부담스러워 자기가 붙들고 있는 그의 손목을 내려다보면서 말을 잇는다.

"어디로 가고 싶었던 걸까요? 엄마가 길 줄만 알았지 걸을 줄도 안다는 걸 그때 알았어요."

그래서 방 문고리를 빼 놨어요. 원희는 고민하다 그 말을 삼킨다. 엄마가 예전의 엄마와 같은 사람이라는 것을 확신하지 못하면서도 엄마를 가둬 놓은 것에는 죄책감을 느낀다. 엄마를 잃어버리면 엄마를 제대로 모시지 않은 것이 되는데, 엄마를 잃어버리지 않기 위해 가둬 두면 학대가 된다. 엄마가 아무것도 먹지 못해서 억지로 뭔가를 먹이는 것도 학대고 아무것도 먹이지 못해 엄마를 굶기는 것 또한 학대. 엄마와 관련된 일마다 빠짐없는 모순이 있다. 엄마를 사람으로 유지하기 위해 하는 일이 엄마를 사람으로 대하지 않는 일이 되는 모순. 보다 근본적인 모순이 있으리라는 짐작이 불쑥불쑥 원희의 속을 뚫고 나온다. 엄마가 아직도 사람일까 하는, 이런 생각을 하는 나는 대체 사람일까 하는.

"가끔은 집에 불이 나는 꿈을 꿔요."

"불나는 꿈은 좋은 꿈이라던데. 불도 나오고 피도 나오면 더 좋고. 복권 사지 그래요."

"꿈이 반대라고도 하고 간절히 바라는 게 꿈에 나온다고도 하잖아요. 꿈에서는 내가 집에 없을 때 불이 나요. 엄마는 몸을 못 일으키는데."

그리고 엄마의 방은 맹꽁이자물쇠로 잠겨 있는데.

"집에 불이 났으면 좋겠어요?"

원희는 머뭇거리다 적절한 대답의 때를 놓친다. 정말로 일어날 수 있는 일이기는 하다. 집 안 곳곳에 깊숙이 밴 노인성 질환의 냄새를 지우느라 촛불을 켰다 끄곤 하니까. 어느 날 원희는 외출 전 촛불 끄는 일을 깜빡할 수 있다. 엄마는 버르적거리다가 초를 쓰러뜨릴 수 있다. 촛농을 먹은 요가 불타고, 장롱도, 텔레비전도, 엄마의 몸도, 엄마의 마음도, 불에 휩쓸려 사라져 버릴 수 있다.

원희가 가끔 꾸는 꿈의 집요하고 구체적인 내용대로.

관계 후 침대에 누운 남자는 좋은 수가 생각났다는 듯이 말한다.

"반찬은 젓갈이나 절인 채소밖에 안 먹는다고 했죠?"

"네."

"젓갈을 하루 이틀 밖에 뒀다가 주세요. 일부러 상하게 만드는 거예요. 그럼 탈이 날 거란 말이죠. 몸이 그렇게 약한 상태면 조금만 탈이 나도 어떻겠어요? 치명적이겠지요."

남자는 칭찬을 바라듯 원희의 턱과 어깨 사이에 얼굴을 파묻는다. 이런 남자와 같은 침대에 누워 있다는 사실에 원희는 기가 막힌다. 원희가 알고 싶은 건 독을 먹이지 않고 자연스럽게 엄마를 죽이는 방법 같은 게 아니다. 음식에 독을 탔느냐고 의심받는 이 생활이 언제쯤 끝나냐는 것이다. 언제까지 이렇게 살아야 하는지를 알고 싶은 것이다.

원희는 남자를 밀어내고 일어나 옷을 주워 입는다.

"자고 가요."

원희는 돌아보지 않는다. 앞으로도 원희가 남자의 아파트에서 자고 가는 일은 없을 것이다. 자고 가기는커녕 다시는 오지 않을 것이다. 엄마 때문에 힘들다는 이야기를, 엄마를 어떻게 죽이면 좋을지 묻는 것으로 착각하는 남자와는 다시는 자지 않는다.

발정이 나서 개흘레를 붙을 년아.

엄마가 내뱉은 욕설이 원희의 등에 예언처럼 돌아와 박힌다. 전혀 아깝지 않아, 하나도 아깝지 않다고. 원희는 아무 소음도 없는 길 위를 귀를 막고 걷는다.

*

얼렁뚱땅 만났던 남자와 얼렁뚱땅 관계를 끊었다는 소식을 전하자 도리어 성미가 어쩔 줄 몰라 한다. 원희는 왜 그 남자의 전화를 받지 않기로 했는지 설명하기 어려워 커피 잔만 만지작거린다. 그냥 그렇게 됐어, 그렇게. 성미는 이해가 안 된다는 듯 이유를 연신 묻다가 절레절레 고개를 젓는다.

"아니다, 잘됐지 뭐니. 안 그래도 왜 학원 차 기사가 군인 아파트에 드나드느냐고 항의가 들어와서."

"항의?"

"요새 학부모들 좀 유난이니? 우리 유치원 차가 왜 이 시간에 주차장에 있냐고, 왜 기사 아줌마가 우리 아파트에서 나오냐고 애들이 물어본다잖아. 교육상 안 좋다고 글쎄. 내참 그렇게 교육이 신경 쓰이면 왜 여기 살아? 서울로나 갈 것이지."

성미는 별것 아니라는 투로 말한다.

"그게 왜 교육에 안 좋대?"

원희의 물음에 성미가 원희를 물끄러미 보다가 픽 웃
는다.

"몰라서 묻니? 뭐 네가 나서서 사과할 일까지는 아니
지만, 네 잘못은 맞잖아. 어디 그런 데에 학원 차를 끌고
가? 그렇게 네 자가용처럼 쓰라고 차 키 맡긴 거 아니다,
너."

그 말에 도리어 원희는 딱 한 번만 더 그 남자를 만나
고 싶은 충동을 느낀다. 남자의 온몸을 쥐어뜯으면서 정
사를 나누고 싶어진다. 온몸이 피와 멍으로 얼룩지고
뼈 마디마디가 울릴 때까지 서로 몸을 부딪친 후에 아파
트 복도로 뛰어나와 소리를 지르는 것이다.

이것 봐. 보라고.

나는 살아 있어.

너희들처럼 살아 있다. 너희들만큼 살아 있어. 다 이
렇게 살잖아. 똑같이 이러고들 살잖아. 왜 나는 그러면
안 돼? 왜 나만.

원희는 자리에서 일어난다. 자기 안의 소란을 가누지
못해 잠깐 휘청거린다.

"벌써 가려고?"

미심쩍어하는 성미에게 집에 뭘 두고 온 것 같다고 변
명하며, 원희는 밖으로 나온다. 남자에게 가기 위해서가
아니라 가지 않기 위해서. 원희가 차 키를 누르자 노란
승합차는 짧은 경적을 울린다.

원희는 천변 도로로 차를 몬다. 손톱 밑이 하얘지도록 힘주어 핸들을 쥐고 한 번도 밟아 본 적 없는 속도로 천변을 달린다. 창문을 내리고 소리를 지른다. 누구에게 무엇 때문에 화가 나는 것인지 원희는 모른다.

몇 바퀴나 돌았는지도 모를 만큼 미친 듯이 차를 몰던 원희는 그마저도 지긋지긋해져 방향을 돌린다. 눈 깜짝할 사이에 차는 시 경계선에 닿는다. '안녕히 가십시오' 표지 아래 차를 세우고 시동은 끄지 않은 채로 원희는 기다린다. 무엇인지 모를, 그러나 오고 있을, 오고 있다는 것을 확인할 길 없는 그것을.

원희는 길게 경적을 울린다. 경적 소리에 묻혀 원희가 지르는 비명은 아무에게도 들리지 않는다.

곧 피아노 학원 등원 시간이 된다.

*

언니. 일어나.

일어나. 그 인간이 왔어. 그 인간이.

원희가 눈을 뜨고 제일 먼저 본 것은 언제나처럼 허공을 가리키는 엄마의 손가락이다. 엄마가 두려워하는, 또는 기다리는, 그 인간은 대체 누구일까. 언젠가 실제로 엄마를 해코지한 적이 있는 어떤 사람일까, 아니면 엄마의 정신이 흐려진 다음 생겨난 나쁜 환상일까. 원

희는 해답 없는 일에 골몰하는 대신 미음을 끓이러 나
간다.

독을 탔지? 여기에 독을 탔지?

언제나와 같은 비난이 쏟아진다. 원희는 잠자코 엄마
의 밥그릇이 엎어지기를 기다린다. 어쩌면 엄마는 원희
가 미음에 독을 타기를 바라고 있는지도 모른다. 엄마
야말로 이 지긋지긋한 짓거리를 그만두고 싶은 건지도.
그렇지만 엄마. 이게 정말 독이라면 차라리 내가 먹고
싶어.

오늘 엄마는 밥그릇을 엎지 않는다. 대신에 원희를
한참 노려보다가 고개를 숙인다. 숟가락을 밥그릇에 기
대고 고개를 꺾은 채 핥듯이, 빨아 올리듯이 미음을 먹
는다. 마치 개처럼…… 작은 젓갈 조각을 더 잘게 자르
며 원희는 줄곧 개에 대해 생각한다. 그렇지만 개는 이
런 식으로 사람에게 소리를 지르고 화를 내지는 않잖
아……. 아닌가? 개를 길러 본 적이 없는 원희는 아무
죄의식 없이 엄마를 개와 비교할 수 있다. 엄마가 고개
를 확 들고 역정을 낸다.

너부터 먹어 봐, 그거.

원희는 가위를 내려놓고 젓가락을 집어 든다. 날벌레
만큼이나 잘게 자른 젓갈은 두세 점이 한 번에 집힌다.
오늘따라 젓갈의 냄새가 비리다 못해 씁쓸하다. 원희는
망설이다가 입을 벌린다. 아주 천천히 젓갈을 입으로 가

져간다. 젓갈이 혀에 닿기 전, 어디에서 그런 힘이 났는지, 엄마가 원희의 손목을 탁 잡는다. 원희는 손을 멈추고 입을 다문다. 문득 눈이 마주친 엄마는 방금 전과 같은 사람이라고는 믿을 수 없을 만큼 맑은 얼굴을 하고 있다.

"엄마?"

원희는 저도 모르게 엄마를 엄마라고 부른다. 그 말이 입에서 나오고서야 엄마를 엄마라고 부르지 못한 지가 얼마나 오래되었는지를 알아차린다. 엄마는 대답 대신 입을 벌리고 온 힘을 다해 쥐고 있던 원희의 손목을 끌어 자기 입으로 옮긴다. 뜻밖의 손아귀 힘에 원희는 미처 손의 힘을 풀지 못한다. 힘을 더 주어 손을 자기 쪽으로 끌어오지도, 젓가락을 아예 놓아 젓갈을 떨어뜨리지도 못한다.

오이시이네.

엄마는 그제야 원희의 손목을 놓고 헤 웃는다. 잠깐 엄마의 얼굴에서 보였던 맑은 기운은 온데간데없어지고, 벌린 입 밖으로 침 섞인 미음이 줄줄 흐른다. 원희는 엄마처럼 얼굴을 일그러뜨리고 눈물을 흘린다.

그렇게 웃을 때마다 엄마가 오줌을 지리곤 한다는 사실을 원희는 한참 만에 떠올린다.

그 소설

제목은 '내 얘기'.

그렇다고 진짜 내 얘기는 아니다. 당연한 소리. 소설인데 그러면 안 되나. 이런 얘기까지 해야 하나 소설인데.

아니, 나 화 안 났어. 왜 화났다고 생각하지. 그냥 얘기해.

듣고 있으니까.

통화 상대는 나에게 화났냐고 물으면서 화내고 있었다. 귓구멍이 콕콕 아파 왔다. 휴대폰을 얼굴에서 떼자 화면에 상대의 전화번호가 떠올랐다. 원래 이 번호였나. 연락처를 삭제한 지도 오래라 가물가물했다. 어떻게. 니

가. 거짓말. 나한테. 이럴 수. 어떤 단어는 정확히 들리고 어떤 단어는 뭉그러졌다. 무슨 소리를 하는지는 알 것 같았다. 기본적으로 내내 똑같은 말이어서

아니라니까.

대답도 똑같을 수밖에.
통화 상대는 악을 쓰기 시작했다. 단순하고 아무 의미 없는 고성. 음 지겹다. 그냥 끊을까. 막 끊는다는 말을 하려던 찰나 상대방이 물었다.
왜 그런 얘기를 썼어?
질문이 너무 광범위했다. 글쎄 태어났기 때문이 아닐까 같은 말로도 충분히 답할 수 있는. 나는 비아냥대기 전에 생각부터 해야 한다. 지금까지 그 문제로 나를 혼낸 사람의 수가 국회 의석 수 정도 되니까.
상대방은 한참 만에 덧붙였다. 그게 정말 우리 얘기가 아니라면. 울고 있는 것 같았다.
왜 그런 걸 썼냐고.

소설가니까 소설을 썼지. 청탁을 받았으니까 썼지. 그런 구상이 떠올라서 썼지.

쓸 수 있으니까 썼지.

나는 그 소설을 2019년에 썼다.

앤솔러지 청탁이었다. 가제는 '여자, 진실을 말하다'. 기획서에 뮤리얼 루카이저의 시 「케테 콜비츠」의 한 구절이 적혀 있었다. "한 여자가 자기 삶의 진실을 말한다면 어떤 일이 일어날까? 세계는 터져 버릴 것이다."* 당연하게도 여성 작가 앤솔러지였다. 20대 작가 두 명, 30대 작가 두 명, 40대 작가 세 명이 참여하기로 했다.

반갑고 감사한 제안이었지만 시간이 촉박했다. 주어진 시간은 두 달. 누가 먼저 한다고 했다가 마음을 바꾼 게 아닐까, 그래서 내게 기회가 온 게 아닐까. 감사합니다. 공교롭게도 비슷한 시기에 문예지 마감이 하나 더 있었다. 문예지 쪽 원고야 미리 짜 둔 게 있어서 쓰기만 하면 됐는데, 그와 동시에 여자로 산다는 일의 진실을 담은 단편을 두 달 만에 써내는 건 아무래도 무리로 느껴졌다. 남들은 어떤지 모르지만 나는 손이 느린 편이어서. 그렇다고 좋아하는 작가들과 이름을 나란히 할 기회를 날려 버릴 수는 없었다. 청탁 메일을 받고 꼬박 며칠간 답장을 어떻게 보낼지를 고민했다.

그때 대학 시절 쓴 단편이 떠올랐다. 외삼촌의 빈소에 엄마와 마주 앉아 영정 속 저 사람이 자신을 추행했

---

* 뮤리얼 루카이저, 박선아 옮김, 「케테 콜비츠」, 『어둠의 속도』 (봄날의책, 2020).

다는 말을 할까 말까 고민하는 딸의 이야기. 합평 수업에서 혹평을 듣고 봉인해 둔지라 신춘문예나 신인상에도 내지 못했고, 따라서 까맣게 잊고만 있던 원고.

그땐 왜 그렇게 욕을 먹었지?

시대가 달라서 그랬나?

겨우 10년인데?

다시 보니 감정 과잉과 쓸데없이 멋부려 복잡해진 문장만 좀 털어 내면 책에 실을 만한 글 같았다. 오히려 너무 기획을 의식하며 쓴 글로 오해받으면 어쩌나 싶었다. 송고하기 전까지는 그런 걱정을 했다.

　作家님, 송구하지만 이전에 혹시 필명으로 이 작품을 발표하신 적이 없는지 조심스레 여쭤봅니다. 미공개 작품이 아닌 것 같아서요…….

편집자는 상상도 못 한 반응을 보였다. 미숙한 부분을 고치라는 코멘트라면 얼마든지 수용하려 했는데 미공개 작품이 아니지 않냐는 지적에 말문이 막혔다. 미공개 작품이란 건, 발표 또는 발간 기준이 아닌가요? 문예지나 단행본에 싣지 않았다면 미공개 작품으로 치는 게 아닌가요. 이 소설은 수업 때 합평받은 게 전부인데요. 합평이란 수강생 한 명의 작품을 두고 나머지 수강생과 강사가 함께 소설의 평가와 감상을 나누는 일로서…….

아니다, 문학 편집자가 합평이 무슨 뜻인지 모를 리는 없겠지. 메일에 답장을 쓰다 말고 소설 일부를 복사해 포털 사이트 검색창에 붙여 넣었다.

버터플라이 허그라는 말 알아?

양손 손바닥이 보이는 상태에서 엄지손가락을 교차해서 그대로 가슴에 얹어 봐. 그리고 손으로 가슴을 다독이는 거야. 나비가 날갯짓하는 것처럼.

이렇게 하면 마음을 쓰다듬을 수 있대.

서른 개가 넘는 어절이 정확히 일치하는 검색 결과가 나왔다. 어느 대학 문학상의 가작 수상작으로 전문 공개되어 있었다. 합평 때 들은 혹평이 신경 쓰여 어디 내보일 엄두도 못 냈던 내 원고가. 수상작으로 게시된 지 2년도 넘은 상태였다.

이건 제가 아닌데 이건 제 소설이에요.

쓰던 메일을 다 지우고 편집자에게 전화를 걸어 그렇게 말했다. 편집자는 노련한 사람이었다. 판단이 빠르고 정확했다. 작가님, 상황은 안타깝고 반드시 바로잡아야 하겠지만 당장 이 원고를 이번 앤솔러지에 싣는 건 무리가 아닐까 하는데요……. 왜요? 제 소설인데요? 제 소설을 맘대로 도용한 사람이 있고 저는 피해를 봤는데 왜 제 원고를 빼야 하나요? 빼라는 게 아니고요, 저희도 안타까운데요 작가님, 시간은 충분히 드릴 수 있으니 새 원고를 쓰심이 어떨까……. 제가 왜 그래야 하는지 모르겠다니까요. 말씀드렸다시피 원칙적으로 미공개 원고라야 하는데……. 아니 제가 공개를 안 했는데 그게 어떻게 미공개 원고가 아닌 게 되나요……. 편집자도 틀리지 않았고 나도 틀리지 않았다. 적어도 내가 생각하기에는 그랬다. 이상하게도 그 순간에는 도용범보다 편집자가 미웠다. 내 소설을 훔친 사람보다 내가 고른 내 소설을 책에 실어 줄 수 없다고 하는 사람이 더 나쁘게 느껴졌다.

우여곡절 끝에 그 소설은 앤솔러지에 실렸다. 편집자가 편집장에게 내 상황을 전달했고, 편집장은 대학 문학상 심사 위원이자 교수인 평론가와 나를 연결해 주었다. 대학 신문사에서 도용범과 주고받은 메일에 남아 있는 연락처를 찾아냈다. 도용범은 합평용 소설을 업로드하는 카페에서 내 소설을 다운받아 공모전에 냈다고 실토했다. 대학 신문사는 사고를 냈고 도용범은 자필 사과문을 보냈으며 편집자는 내 소설을 미공개 원고로 인정해 주기로 했다. 상금은 어떻게 되었는지 모른다. 편집장이 말리지 않았어도 법정까지 가져갈 생각은 없는 사안이었다.

지금 와서 이 사건을 재평가하건대 작품을 되찾아 왔다는 것을 빼고는 내겐 딱히 득될 것이 없었다. 중견 작가들도 다들 신작으로 참여하는 앤솔러지에 한참 전에 쓴 원고를 낸다는 사실을 들켰고, 새 원고를 쓰지 않겠다고 고집을 부리기도 했으며, 고집대로 그 작품을 실었으니까. 심지어 '가작' 평가를 받았던 작품이라는 것을 알 사람은 다 아는 상태여서 더 모양이 이상해졌다. 대학 문학상에서 가작 정도 타는 수준의 소설을 감히 여기에, 같은 말을 누가 소리 내서 한 적은 없지만 왠지 다들 그렇게 생각하는 것 같아서 전전긍긍하게 되었다. 설상가상 출간 후에 앤솔러지 리뷰를 검색했을 때 내 소설을 언급한 독자도 별로 없었다. 한 줌 될까 말까 한 리뷰는 내 작품을 두고 기획을 너무 의식해서 재미가 없어진 소설이라고들 했다. 내 소설이 기획보다 먼저 쓰였다고 일일이 해명하고 다닐 수도 없고, 총체적으로…… 그 난리를 피워 되찾아 왔어야 할, 되찾아 굳이 실었어야 할 작품인가,

　라고 생각하기엔 너무 늦은 시점이었다.

　앤솔러지 출간이 두어 달 연기된 이유를 전체 필진에게 설명하는 메일에서 편집자는 원고 일부와 관련한 불미스러운 사고가 있었다고 썼다. 불미스럽다는 표현이 내게는 도용범이 아니라 나를 겨냥한 것처럼 보였다.

　내가 밉겠지?

이 편집자는 나를 미워하게 됐겠지?

곰곰 생각해 보면 나는 상대방의 잘못이 아닌 사고로 피해를 입었을 때 그를 미워하지 않으려 노력할 것이라 믿으면서도 남들은 내게 그렇게 해 주지 않을 거라 단정 짓는 것은 상당한 오만이다. 당신의 인격은 나의 인격만큼 훌륭하지 않겠죠?라고 생각하는 것과 무엇이 다른가……. 그렇지만 어떤 사고가 내 잘못이 아니라고 해서 나 때문에 피곤한 상황에 처한 제삼자가 나를 원망하지 않기를 바라는 것도 뻔뻔한 것이다. 그러니까 결국은 편집자가 나를 미워할 것이라는 판단에 다다른 채, 평단과 대중에 더해서 편집 인력까지 등지는 선택을 한 것 같다는 자괴감에 시달렸다. 그럼에도 그때는 그 소설을 반드시 앤솔러지에 싣는 게 옳다고 생각했다. 되찾아 온 작품을 당장 발표해서 내 것이라는 영역 표시를 확실히 해야 할 것 같았다. 그래서 그렇게 했다.

그 모든 일들이 벌어지는 동안 새로 쓴 소설이 있다는 것은 밝히지 못한 채로.

「내 얘기」는 2019년에 쓰였다.

수업에 가져갔다면 자퇴를 결심할 만큼 혹평을 들었을 것이다.

제발 너희 임신하고 낙태하는 소설 좀 쓰지 마라.

그 말을 한 선생이 누구였는지는 기억나지 않는데, 당시 교강사진 누구라도 할 만한 발언이기 때문이다. 누구의 합평작 소재가 임신이다 하면 한숨부터 푹 내쉬는 교수, 낙태를 다룬 소설을 보면 학생들과 눈빛 교환을 한 다음 합평 대상자를 은근한 시선으로 보는 강사, 그런 사람들은 얼마든지 있었고 그 정도면 양반이기도 했다. 공정하게 말해서 그런 소재로 소설을 쓰는 사람이 지나치게 많았던 것도 사실이다. 그야 갓 스무 살 먹은 대학생들이 상상할 수 있는 가장 치명적인 사건이 대충 그런 것이니까. 열 명 중 서넛의 비율로 남자애들은 섹스, 그중에서도 첫 섹스와 관련된 소설을 썼고 여자애들은 임신이나 낙태를 중심에 둔 소설을 썼다. 낙태를 해 본 것 같다, 는 이유에서 윤리적으로 매도당하는 분위기는 아니었다. 분위기라면 오히려 너무 뻔하다는 느낌에 가까웠다. 그런 걸 해 봤다고 누가 뭐라고 하는 게 아니다, 그냥 그걸 소설 소재로 쓰는 게 구리다, 그렇게 쿨한 척하는 게 당시의 대세였다. 왕따 소재와도 비슷한 면이 있었다. 문창과 온 애들 중에 왕따 안 당해 본 사람 있냐? 누가 경험했어도 비슷할 법한 일, 대단히 개성 있게 쓸 자신이 없다면 그냥 다른 걸 써라. 그런 말들. 그 나머지가 소재 삼는 것들도 그렇게 다양하다고 볼 수는 없었는데 유독 낙태 소재만은 닳고 닳은 취급을 받았고, 쓴 사람은 여지없이 뻔한 작가 취급을 받았다.

한편 나야말로 그런 소재로 소설 쓰는 여자애들을 깔보는 축에 속하기도 했다.

바보들 아냐. 그런 건 고딩 때 떼고 들어오라고.

마치 고등학생 때 낙태 한 번쯤은 다 해 보기라도 하는 것처럼.

사실 그런 생각을 할 수 있었던 이유는 섹스를 안 해 봐서였다. 한 번 하고 나니 여자애들이 왜 임신 낙태 생각을 할 수밖에 없게 되는지 이해할 수 있게 됐다. 생리가 하루만 늦어져도 씨발 임신인가? 하는 생각이 들었다. 씨발 임신인가?라는 생각을 하고 나면 조용히 수술을 받을 수 있는 병원 정보가 급해졌고 수중에 그럴 돈이 있는지를 확인하고 싶어졌고 돈이 있거나 없거나 거의 매번 엄마 생각이 났다. 며칠 그렇게 패닉 상태로 지내다 지쳐 자포자기에 이를 즈음이면 생리가 시작되었고 그러면 아 신이시여 존나 감사합니다 섹스 같은 거 다시는 안 할게요라고 백 번도 넘게 맹세했다. 그런 맹세를 백 번 넘게 한 까닭은 말할 것도 없이 이전의 맹세를 백 번 넘게 어겼기 때문이다.

그게 나쁜가.

애초에 스무 살 무렵 첫 섹스를 해 본 건 남자애들도 나도 다른 여자애들도 매한가지인데 같은 경험을 남자애들은 모험담처럼 쓰고 여자애들은 임신과 낙태에 대한 공포 소설로 쓸 수밖에 없다는 게 불공평하다는 생각이 들었다. 나 드디어 섹스해 봤다 너무 신난다 광고하는 듯한 소설을 써 온 남자애들은 절대 낙태 소설을 써 온 여자애들만큼 망신을 당하지도 않았다.

임신 공포증에 지배당하는 동안에는 오로지 그것에 대해서만 생각할 수밖에 없기 때문에 나도 낙태 소설을, 낙태 소설이나, 낙태 소설이라도 써 버릴까 하는 충동이 시시때때로 들었다. 대학에 다니던 몇 년간 그런 실수를 범하지 않도록 막아 준 것은 죽어도 다른 여자애들과 도매금 취급을 받고 싶지는 않다는 일념이었다. 나보다 먼저 그 실수를 저질러 준 여자애들이 있어서 나는 그러지 않을 수 있었다. 평생 낙태 소재로는 소설을 쓰지 않을 거라는, 예감인지 다짐인지 모를 것을 마음 한구석에 품고 지냈다.

하물며는 수술대에 누워 마취제 투여를 기다리던 순간에도 바로 그 생각을 했다.

아……

이걸로는 소설 쓰지 말아야지.

그 결심을 잊어서 「내 얘기」를 쓴 것은 아니다. 오히려 「내 얘기」를 쓰기 위해 그 생각을 다시 불러내야 했다.

다음과 같은 작용 또는 현상이 있다는 사실을 독자들이 인정했으면 한다. 여자가 쓴 소설의 주인공이 여자일 때 이따금 주인공의 얼굴은 그 소설을 쓴 작가의 얼굴로 상상된다는 것. 적어도 나는 그렇다. 쓴 사람의 얼굴을 완전히 모르는 경우가 아니라면. 그건 소설의 좋고 좋지 않음과는 아무래도 상관이 없는 작용이다. 대학 다니는 동안에 특히 그랬다. 합평 대상자가 합평작의 주인공처럼 보이는 착시. 쓴 사람과 함께 학교에 다니고 있다 보니 더 생생하게 상상이 잘됐다.

남자들도 그런가? 남자 소설가가 쓴 소설도 종종 그렇게 읽게 되지만 여자 소설가의 작품에 비해서는 그런 현상이 좀 덜하다. 학교 다닐 때 본 남학생 소설의 경우에는 절대 쓴 사람의 얼굴과 주인공의 얼굴을 겹쳐 볼 수 없었는데, 그건 주로 남자애들이 주인공을 자기보다 멋있게 써서였던 것 같다.

도용된 내 소설을 다른 작가의 작품으로 읽은 독자들은 그 소설의 주인공 얼굴을 어떻게 상상했을까?

오랜만에 읽은 내 소설에 나오는 장면처럼 엄지손가락을 교차해 손바닥 나비를 만들어 가슴에 얹은 채로 편집자와 도용범과 내 커리어와 먼 미래와 가까운 과거와 앤솔러지 계약과 엄마와 누적된 피로와 씨발 그냥 죽어 버리고 싶다…… 같은 생각들을 두드려 평평하게 만들려 애쓰는 동안에 문득 그게 궁금해졌다. 그게 내 소설인 줄 모르는 사람들에게 내 얼굴이 떠올랐을 리 없겠지? 나는 누워 있었고 손을 조금만 위로 미끄러뜨리면 버터플라이 허그 대신 버터플라이 초크를 할 수 있는 상태였다. 그 충동까지 눌러 없애려 무진 애를 쓰면서 내 얼굴과 내 얘기만을 생각하려 했다. 누구도 훔쳐 갈 수 없는 내 얘기…… 절대로 흉내 낼 수 없는 내 얘기…… 내가 아니면 안 되는

제목이 떠올랐다. '내 얘기'.

친구에게 전화를 걸어 생각한 것을 두서없이 털어놓았다. …… 그래서 제목은 '내 얘기'야. 제목이 깡패 아니냐? 거의 내 얘기처럼 보이지만 정말 내 얘기는 아닌 거야. 오히려 여성 보편의 이야기가 될 수 있기 때문에 누구나의 '내 얘기'인 거지. 옛날에 나이키였나 아디다스에서 그런 캠페인 하지 않았나? 안녕 내 이름은 어쩌구 저쩌구야. 내 얘기 한번 들어 볼래? 그게 무슨 의미겠어, 사람들한테 일인칭 소유격의 내밀한 서사가 그만큼 파괴력이 있게 다가오니까 다국적 공룡 대기업이 카피로 쓰고 캠페인 만들고 하는 거 아니겠냐고. 내 말을 한참 듣던 친구는 전화를 끊기 직전 딱 한마디 했다.
아 미친년, 지금 몇 신지 알고 전화한 거야?
새벽 3시였고 5월이었고 2019년이었다. 낙태죄 헌법 불합치 판결이 난 지 한 달가량 지난 때였다.

바로 이 시기와 내 경험을 엮어 의미 있는 기록을 만들어 남길 수 있겠다는 확신이 들었다.

구성은 단순하다. 수술을 받는다. 수술을 받는 도중 낙태죄 위헌 판결이 난다. 그런 얘기다.

나는 여성 병원에 들어가 예약을 확인한다. 원장이 여러 명인 병원이어서 여성 의사, 지난번에 진료해 준 뿔테 안경을 쓰신 여성 원장님이어야 한다고 여러 번 강조하고 당연히 그분과 뵙게 될 거라는 확답을 듣는다. 로비에는 출산 장려 포스터가 빈틈없이 붙어 있고 실로 단계별로 다양한 임신 주수를 경유 중인 임신부들이 여럿 대기 중이다. 그중에는 당장 분만해도 이상할 게 없을 만삭 임신부도 두엇 있다. 어쩐지 이런 — 곳에서 그런 — 뉴스를 확인하고 있다는 것에 죄책감을 느끼면서 나는 모바일 뉴스 피드를 계속 당겨서 새로고침한다. 오후 2시. 여자 원장님을 만나 수술을 받겠다는 의사에 변함이 없음을 확인하고 병원 자체 양식인 듯한 서약서 — 사후 의사를 고발하지 않겠다는 — 에 서명하고 환복하고 수술실에 들어간다. 수술대에 눕기까지의 과정을 극진한 태도로 묘사하여 순식간에 끝나는 수술 장면과 대비시킬 것. 눈을 감았다 뜨면 수술은 끝나 있다. 실제로 일어나는 일이 그렇다. 그러라고 마취를 하는 것이니까. 나의 감각과는 무관하게 수술대 위에서의 시간은 30, 40분 정도 소요된 상태. 회복실에 돌아와 휴대폰을 확인하면 오후 3시. 오후 2시 46분 속보. '낙태죄 헌법 불합치.' 눈을 감았다 떴을 뿐인데 세계가 달라졌다는, 그런데 나는 그대로라는 감각이 낯설게 일어선다. 앞으로도 심심해서 낙태를 한다든지 낙태를 취미 삼을 생각은 없지만 그 전에는 죄였던 것이 이제는 아니라고 하네. 그 사실이 가뜬하고도 든든하게 느껴진다. 혹시 수술대 위에서 나 바꿔치기된 건 아닐까 여기는 원래 내가 있던 세계와 모든 것이 같고 단 한 가지만 다른 평행 우주가 아닐까. 만약 그렇다면 아주 조금 더 나은 우주로 갈 수는 없었을까. 마취가 풀리면서 하복부의 얼얼함이 차츰 요란해지고 화장실에 가고 싶어진다. 변기에 앉아 봐도 아무것도 나오지 않는데, 하복부가 아리고 묵직하고 찢기는 듯하고 요도와 질과 항문이 동시에 고추장을 쏟아 낼 것 같은 느낌이 든다. 하복부 내용물을 석션했으니 무리도 아니다. 이비인후과에서 귀지를, 치과에서 잇몸의 피와 침을 훑어 내는 것처럼. 차이가 있다면 목표한 이물질만 제거하는 것이 아니라는 점이다. 소리 내서 울자 간호사가 달려와 노크하고 진통제를 준다. 약 먹고 조금 지나자 아까 배가 맵다고 소리를 질렀던 게 거짓말 같을 만큼 아무렇지 않은 컨디션이 되어 로비를 가로질러 간다. 앉아 있는 여자들의 얼굴은 수술실에 들어가기 전과 달라졌지만 역시나…… 같은 세계.

일필휘지라고까지는 할 수 없겠지만 쓰면서 딱히 막히거나 걸리는 부분이 없었던지라 쉽게 썼다. 초고를 쓰는 데에 2주 정도. 초고를 다 쓴 다음 날 도용범의 자필 사과문을 받았고, 편집부에서도 기존 원고로 진행해도 괜찮겠다는 메시지를 보내왔다. 여차하면 기존 원고 대신 내려고 쓴 소설인데 이득 봤네, 그런 생각을 했다.

새벽에 전화했다고 욕을 한 친구에게 초고를 보냈더니 '지나치게' 시의적절하고 구성이 단순한 것은 단점이지만 묘사의 핍진함이 제목과 맞물려 계속적인 메타 반응을 일으킨다고 평가해 주었다. 작의가 거의 정확히 읽히는 소설이라는 것. 쓰면서 기획을 초과하지 못하는 원고는 대부분 구리지만 이 작품의 경우 기획의 초과분을 독자들 스스로 만들 수 있을 거라고 했다. 과찬이네. 칭찬 맞……지? 그런데 친구는 이런 말도 했다.

너 근데 감당 가능하겠어 이거?

감당 못 할 건 뭐람, 살인자가 주인공인 소설도 써 봤는데. 살인해 봐야 살인자 나오는 소설 쓰나? 낙태해 봐야 낙태 소설 쓰나? 낙태 소설 썼다고 작가한테 낙태충이라고 한다면 그건 독해력 문제지. 대충 이런 비아냥으로 대화를 마무리 지었던 기억이 난다.

이제 와서 비밀로 할 것도 없으니 말이지만 살인은 안 해 봤고 수술은 받아 봤다. 어떤 사람들은 그 수술이 살인이라고 주장하기도 하는 모양이지만…… 아무튼 나는 둘 중에 한 가지만 해 봤다.

전화위복이라는 말이 있고…… 호사다마라는 말도 있다.

그러니까 그건 우리 얘기잖아.

이런 식으로 갑자기 연락해 온 사람이 지금의 통화 상대 하나뿐은 아니다.

2019년에 쓴 「내 얘기」는 2020년 여름에 발표되었다. 2020년 1월 초에 계간지 봄호 청탁이 왔고 마침 준비가 되어 있던 셈이니 선선히 응낙했는데 월말에 다시 혹시 여름호도 괜찮으시냐 하는 재청이 와서 그것도 좋다고 대답했다. 발표가 유예된 건 내 의지가 아니라는 소리다.

발표 직후에는 아무 반응도 없었다. 그래 그렇지, 요즘 계간지 보는 사람이 별로 없으니까. 나중에 따로 내 소설집에 실린 다음에나 반응이 좀 있으려나. 그런데 그건 2년 뒤일지 3년 뒤일지 알 수 없는데, 그쯤이면 낙태죄 대체 입법이 어떻게 되어 있으려나. 그때도 의미 있는 소설일까. 당시성을 반영한 아카이브로서의 작품으로 남으려나.

낙태죄 폐지의 대체 입법으로 임신 주수 차등 처벌 법안이 논의되던 시기여서 발표 시기는 어쩌다 보니 딱 맞는 게 되어 버린 참이었다. 그 마침맞음이 허탈하고 씁쓸했다. 마침맞게 발표되었음에도 큰 반향이 없어서 더욱 그랬다.

그랬던 「내 얘기」가 연말에 내게 일간지 문화부에서 주관하는 단편소설상을 안겨 주었다.

수상 후보작과 작가 인터뷰를 먼저 보도하고 나서 한 달쯤 지나 수상작을 발표하는 식이어서, 내가 후보 작가라는 사실이 신문에 나오고부터 일 평균 두세 통꼴의 전화를 받았다. 야, 너 신문 나왔더라. 누구세요? 삼촌이다. 아, 네. 선배 넘넘 축하해요, 제가 다 기뻐요. 상 탄 것도 아닌데 무슨 축하야, 민망하게. 선배 꼭 타실 거예요, 보면 알아요. 수상이 발표되던 날까지 이런 전화를 근근이 받았고 수상 확정 소식이 뜬 날에는 스무 통 넘게 받았다. 내가 이렇게 아는 사람이 많았던가? 내가 먼저 전화를 걸어 알린 사람은 네 명밖에 되지 않아서 헷갈렸다. 한 사나흘쯤 더 그런 연락들이 오다가 다시 잠잠해진 듯싶더니 1월에 수상작품집이 나오고부터 다시 시작되었다. 지인들이 작품을 볼 수 없었던 그 전과는 결이 약간 달라진 연락들이었다. 축하 인사도 하긴 하는데, 그게 정말 내 얘기인지 확인하고 싶어 하는 사람들.

그거 혹시 내 얘기 아니니?

별명부터 화류계였던 언니의 전화였다. 물론 자칭도 아니고 면전에서 그렇게 부를 수도 없는 말이어서 별명이라고 해도 좋은지는 모르겠지만 비공식적으로 과에서 언니 별명은 화류계였다. 연예인을 했어도 됐겠는데 왜 굳이 이 누추한 문창과에 왔을까 싶은 미모에, 목걸이부터 구두, 키링부터 자가용까지 걸치고 다니는 모든 것이 명품이었다. 그래서 그런 거라면 별명이 연예인이었어야지 왜 화류계였을까. 나와 어울리던 애들은 그 언니 말하는 게 어쩐지 싼 티 나고 유달리 현역이 많은 우리 기수에서 유일한 삼수생이라는 점도 미심쩍다고 했다. 언니는 첫 합평 수업의 첫 대상자로 나서서 제일 먼저 낙태 소설을 발표한 사람이기도 했다.

내 애기 같던데.

어울려 주는 친구도 없고 뒤에서 다들 자기를 씹는다는 것을 알았을 텐데도 언니는 꿋꿋이 학교를 다녔고 나도 언니와 개인적인 이야기를 거의 나눠 본 적이 없었다. 딱 한 번, 딱히 친하지도 않았던 그 언니가, 내게 수술받을 수 있는 병원을 알려 줬었다. 같이 가 주거나 상담을 해 주거나 하지는 않고 그냥 필요한 정보만 주고 지나갔다. 그랬던 언니가 거의 10년 만에 연락을 해 오더니 내게 그렇게 물은 것이다.

언니 예전에 저한테 병원 가르쳐 주셨던 거 기억해요?

내가 묻자 언니는 조금 후에 말없이 전화를 끊었다. 덕분이라고 하기도 약간 이상하지만 이 때문에 당시의 궁금증 하나가 다시 떠올랐다. 친하지도 않았던 언니가 내게 그 수술이 필요하다는 것을 어떻게 알았을까. 마침내 그 답을 알게 된 것 같았다. 언니가 나를 읽을 수 있었던 것은 그게 정말 언니의 얘기이기도 해서였을 것이고 언니가 나보다 조금 더 어른이었기 때문이었을 것이다. 그 생각에 이르자 마음이 무척 복잡해졌다.

이조차도 엄마한테 받은 전화에 비하면 별게 아니다.

너 이…….

엄마가 늘 욕하기 전에 보이는 호흡이 있다. 너 이…… 하면서 기를 모으는 것 같달지. 좇됐다. 그렇게 생각하면서 눈을 질끈 감고 있었는데 각오와 달리 욕은 안 먹었다. 적어도 나는.

어떤 새끼가 그랬어?

어안이 벙벙했다. 소설을 쓰는 동안에도, 소설에 쓰기 위해 오래전 일을 돌이켜 새길 동안에도 나는 그 어떤 새끼도 떠올리지 않고 있었다는 것을 그제야 깨달았기 때문이다.

어떤 쌍놈의 새끼인지 당장 엄마한테 전화번호 불러 봐.

엄마가 묻지 않았다면 나는 내내 나 혼자 임신했던 것처럼 살았을지도 모른다. 엄마 그거 소설이야. 나 그런 적 없어. 소설인데 왜 그렇게 실감이 나? 실감 나라고 쓰니까 소설이지……. 혈압이 높은 엄마를 위해 선의의 거짓말을 하면서도 손으로는 바쁘게 수상작품집을 뒤지고 있었다. 내가 작가 노트에는 뭐라고 썼더라.

나는 그냥 화가 났을 뿐이다. 또한 그것이 나만의 분노가 아니라는 사실에 강하게 의탁했던 것이다. 내게는 화를 낼 자격이 있었고 그걸 표현할 수단이 있었다. 나는 여성이니까. 소설가니까. 여성 소설가가 낙태법에 대해 말하는 게 이상해? 할 수 있고 해도 되고 해야 한다고 생각한 것뿐이야. 그게 이상해?

　이것은 '내 얘기'이고, 내 소설이며, 내 이야기가 아니다.

　나만의 이야기가 아니다.

　이거 봐, 여기 내 얘기 아니라고 써 놨잖아. 내가 작가 노트를 봤냐고 묻자 엄마는 아이고 아이고 다행이다 하며 긴 숨을 내뱉었다. 그래 미안해, 엄마가 끝까지 안 보고 화나서 전화부터 걸었어.

　통화가 끝난 후에도 한동안 엄마한테 미안한 마음이 들었지만 엄마가 쌍놈의 새끼라고 했던 그 어떤 새끼에 대한 생각은 금세 잊혔다.

　그 새끼한테서도 전화가 걸려 올 수 있다는 걸 그때 미리 염두에 뒀어야 하는데.

　그게 어떻게 우리 얘기가 돼.

　우리 얘기니까.

　소설이잖아.

네가 실제로 임신을 했잖아.

우리 헤어졌고, 병원 나 혼자 갔고, 수술비 내가 알아서 했어. 기억 안 나?

기억 안 나는 것처럼 구는 건 너야.

통화 상대는 계속…… 뭐랄까……. 헛소리를 하고 있었다. 손발에 땀이 돋았다. 이제 와서 뭐 밑지거나 무서울 것이 있어서가 아니라 단순히 말이 너무너무 통하지가 않아서, 사람과 소통을, 대화를 하고 있는 기분이 영 들지 않아서 진땀이 났다.

낳을 거라고 했잖아.

그건 부분적으로 사실이다. 낳을 생각도 있었다. 임신 사실을 알게 된 직후에 했던 수천 수만 가지 생각 중 하나가 그랬다. 어떨 때는 당장 죽어 버리고 싶을 만큼 겁이 나다가도 갑자기 침착해지면서 그냥 낳아도 되지 않을까 하는 생각이 들었다. 일단 내가 미성년자는 아닌 게 어디야, 라는 생각. 그리고 이건 죄도 없고 자기도 생기고 싶어 생긴 게 아닐 텐데 내가 이것한테 그렇게 잔인하게 굴 필요가 없지 않을까…… 그런 생각. 그런데 낳을 생각도 있었다는 것이 낳기로 결정했다는 의미가 되지는 못한다. 극단과 극단 사이에 놓인 여러 갈래의 생각들 중 몇 가지가 그냥 그럴까 하는 고민에 가까웠다 정도. 결국은 낳게 되리라는 예감도 있었다. 어영부영하는 사이 이것이 점점 커지면 내가 결정할 수 있는 영역은 자연히 줄어들겠지 나는 내가 뭘 원하는지 잘 모르겠어. 낳은 미래가 두렵기도 하고 낳지 않은 미래가 두렵기도 해. 그냥 누가 계단에서 나 좀 밀어 주면 안 되나? 층계참에 아슬아슬하게 서 있어 볼까 누가 지나가다가 툭 치면 굴러 버리게? 그때 했던 이런 생각들을 내가 너한테 말하면 네가 과연 이해할 수나 있겠니. 적당히 말을 돌리는 게 나을 것 같았다.

그때 너, 그냥 흔하게 군 것뿐이야. 다른 남자애들도 다 하는 짓 한 거야. 그거 가지고 나 뭐라고 하지 않았잖아. 헤어지자 했던 건 내가 알아서 결정하라는 거 아니었어? 그런데 그걸 이제 와서 우리 얘기라고 하는 게 나는 너무너무 이해가 안 되네.

우리 아기잖아!

통화 상대는 자기 말이 먹히기 시작한다고 느꼈는지 다시 악을 썼다. 나에게조차 놀랍게도 그 말은…… 조금의 타격도 되지 못했다.

그래서 이제 와서 나보고 어쩌라고.

애초에 연락한 목적이 뭐야? '우리 아기'를 소재로 소설을 써서 네가 아니라 내가 상을 탄 게 분한 거 아니야? 네가 그때 졌던 책임은 얼마나 되는데? 그럼 네가 임

신해서 낳지 그랬어? 적어도 수술 끝나고 기저귀 차고
나와서 젖은 사타구니에 찬바람 지나갈 때마다 몸서리
치는 기분이라도 나 대신 느껴 보지 그랬어. 그러면 네
가 그 소설을 썼을까? 그 소설을 써서 상을 탔을까? 그
러면 네 번호를 찾아내서 전화를 걸어 악을 쓰는 건 내
쪽이었을까?

　나는 이 생각들 대신 다른 말을 했다.

　그래서 내가 그때 수술을 안 했으면 좋았을 거라는
거야? 낳았으면 한 열 살, 열한 살 됐으려나? 그런 애를
데리고 너한테 가서 아빠라고 불러 봐, 그랬으면 좋았겠
다는 거야?

　상대가 머뭇거리는 기미가 느껴졌다. 그래, 그럴 줄 알
았다. 나도 그래. 어찌어찌 낳았어도 너를 아빠라고 부
르게 하진 않았을 거야. 난 낳지 못한 것보다 너 같은 걸
아빠라고 부르게 하는 게 훨씬 심한 폭력이라고 느껴.

　물론 이 말도 실제로는 하지 않았다.

　무슨 말이 듣고 싶어서 전화했는지 모르겠지만 할 말
없는 것 같으니 이만 끊을게.

　전화를 귀에서 뗐을 때 상대가 이상한 말을 했다. 내
가 다 폭로할 거야. 뭐를?

　네 소설, 소설 아니라고. 넌 낙태 살인자 년이라고.

정확히 말해 내가 받은 수술은 낙태 수술이 아니었다.

임신 주수가 일정 기간에 못 미친 상태에서 자연 임신 중단이 일어나는 경우 배아가 배출되지 않고 체내에 잔류하게 되는데, 이를 계류유산이라고 한다. 그렇게 드물지도 않다. 인터넷에서 계류유산이라는 단어를 검색하면 지식 나눔 글이나 예비 맘 카페가 뜬다. 이번에도 떠나보냈네요 하며 슬퍼하는 회원들이 있고 요새 정말 흔하대요 스트레스 안 받는 게 제일 중요한 거 아시죠 무조건 마음 편히 먹으셔야 해요 다음에 반드시 예쁜 천사가 찾아올 거예요 하고 위로하는 회원들이 있다.

아기집이 더 이상 자라지 않고 있어요.

그 말이 무슨 의미인지를 묻고 답을 들었을 때, 나는 고맙다는 생각을 했다. 고마웠다 진심으로. 그게 무섭다거나 소름 끼친다고 생각해도 좋아 그렇지만 나는 진심으로 고맙다는 생각을 했다. 그래서 울었다.

인위적으로 하복부 내용물을 추출해야 하는 상황이라 처치는 임신 초기의 인공유산 즉 낙태와 똑같았다. 원래 다들 그렇게 한다고 들었다. 그래서 낙태는 하지 않았는데 낙태 소설은 쓸 수 있었다. 그래서 「내 얘기」는 내 얘기가 아니었다.

10년도 넘게 지난 일인데 내가 여전히 그때 받은 수술을 24시간 주 7일 의식하며 고통받고 있으리라 생각한다면, 그게 내게 협박이 될 수 있으리라 생각한다면,

그건 심각한 망상이다.

그건 소설이야.

이런 얘기까지 할 필요는 없을 것이다. 소설이 소설이라는 것을 증명하기 위해서.

마음대로 해 봐.

마침내 전화가 끊겼다. 손바닥이 뜨끈뜨끈했다. 이걸로 정말 끝일까. 나는 조용해진 휴대폰을 한참 동안 노려보다가 화면 잠금을 해제한 후 뉴스 피드를 불러왔다. 피드를 힘껏 끌어당기고, 끌어당기고, 끌어당기고 끌어당기고 끌어당기고 또 끌어당겼다.

새로운 일은 전혀 일어나지 않았다.

A
Queen
Sized
Hole

유민
20만 원만 빌려줘.

승희는 머뭇거리다 전송 버튼을 눌렀다. 유민은 승희
의 메시지를 바로 확인했지만 답장은 하지 않았다.

고료 들어오면 바로 갚을게.
나 내일 건보료랑 교통카드값 나가는데
제때 못 내면 신용등급 떨어지잖아.
신용등급 떨어지면 전세대출 취소된대.
그럼 나 이사 못 가거든.

승희는 '한번만 더 도와즈'까지 쓰다가 도로 지웠다. 구구절절하거나 구질구질해 보이지 않으려 최대한 간결하게 썼지만 사연 자체가 구구절절하고 구질구질한 것은 어쩔 수 없었다. 차라리 더 불쌍해 보이게 이번에 이사 못 가면 자살할 거라는 말까지 해 버릴까? 승희의 메시지들은 보내는 족족 확인되었지만 답장은 계속 오지 않았다. 대신에 조금 뒤에 입금 알림이 떴다. '박유민 200,000원'. 유민에게 진 빚이 총 70만 원이 되었다. 괜찮아. 아직 괜찮아. 새집 보증금 5000 중에 4500은 대출, 250은 계약금으로 이미 냈고 지금 사는 집 보증금 1000만 원은 내 돈이니까, 돌려받은 보증금으로 잔금 치르면 750만이 남지. 고료는 언제 들어올지 모르지만 보증금 돌려받으면 70만 원 정도는 여유롭게 갚을 수 있어. 남는 돈이 거의 700이니까 한 5개월은 버틸 수 있겠지. 이사 가면 월세도 더는 안 나가니까. 5개월이면 지금 잡고 있는 장편 원고 마무리 짓고도 남겠지. 그래야지.

사실은 일주일쯤 전 인터넷에서 산 매트리스 주문을 취소하면 유민에게 20만 원을 빚지지 않아도 되지만 심정적으로도 그러고 싶지 않았고 건강상으로도 그래서는 안 됐다. 허리가 더 망가지기 전에 매트리스를 바꿔야 했다. 승희가 지금 사는 방의 이전 세입자의 이전 세입자가 남기고 간, 몇 년이나 쓴 것인지 알 수 없는 매트리스는 잘 보면 가운데가 움푹했고 자고 일어나면 허리가 끊어질 듯 아팠다.

그나저나 냉방 너무 세다.

얇은 여름 가디건 깃을 붙들고 승희는 문득 몸서리를 쳤다. 1호선 냉방이 원래 이랬나? 너무 오랜만이어서 잘은 모르겠지만 원래 이 정도는 아니었던 것 같은데. 노인네들 다 얼어 죽으면 어쩌려고. 지하철이 멈추고 문이 열리자 승객 대신 열기와 습기가 안으로 쏟아져 들어왔다. 지나치게 쌀쌀한 객차 안 공기가 잠시 중화되었다가, 문이 닫히자 다시 얼어붙었다. 승희는 천정에 달린 전광판에서 시선을 거두고 리라에게서 받은 다이렉트 메시지를 다시 열어 보았다.

우리 만나자.

괜히 그러자고 했을까. 마지막으로 만난 지도 너무 오래됐고 실은 좀 껄끄럽기까지 한 사이인데. 그렇지만 어쩐지 리라를 만나면 새 소설의 실마리가 잡힐 것 같은 직감이 들었고 한창 단편 청탁이 들어오기 시작한 참이어서 소재가 늘 아쉬웠다.

리라가 갑자기 SNS에서 팔로우를 걸어온 것은 꼭 일주일 전 일이었다. 이름에서 따온 듯한 아이디가 묘하게 눈에 익었다. 무심코 들어가서 사진들을 보다가 계정주가 누구인지를 알아차렸을 때 승희가 제일 먼저 한 생각은 뻔뻔하다는 것이었다. 어떻게 네가 나한테 팔로우를 걸어. 차단할까 말까 조금 기막혀하다가 그대로 두었더니 며칠 지나 리라에게서 다이렉트 메시지가 왔다. 승희 언니 아니에요? 저희 가족이랑 언니네 가족이랑 친했는데. 맞팔해 줘. 요새 바빠? 언니 어디 살아? 나는 아직 부평.

그래. 눈 딱 감고 한 번만 만나자. 엄밀히 말하면 얘가 나한테 잘못한 것도 아니잖아. 뭘 알았겠어 얘가.

승희와 리라가 가장 자주 어울려 놀던 시기는 대략 15~16년 전이었다. 승희가 열세 살, 리라가 여덟 살이던 때. 승희의 아버지와 리라의 아버지가 같은 곳에서 일하며 친해지면서 가족끼리도 가까이 지내게 된 것이었다. 승희가 고등학교에 들어갈 무렵까지는 자주 만나서 식사하고 식구끼리 놀러도 다녔다. 여름엔 계곡 캠핑, 겨울에는 눈썰매장. 중학교 2학년 때였나. 갑작스러운 비때문에 계곡에서 철수해야 했을 때 아빠가 저희 집 텐트는 뒤로하고 리라네 집 텐트부터 해체하러 뛰어가던 것을 승희는 문득 떠올렸다.

약속 시간 5분 전 부평역 앞 스타벅스에 승희가 도착했을 때 리라는 이미 자리를 잡고 있었다. 테이블 위에 음료가 놓여 있지 않은 것을 보고 승희는 속으로 탄식했다. 만나자고 한 건 자기면서 커피는 나더러 사라는 건가. 하긴 내가 나이도 많으니까 그게 맞긴 한가. 승희는 유민에게서 빌린 돈과 원래 잔고와 다음 날 오전 중에 자동 출금될 비용들을 따졌을 때 남에게 뭔가 대접할 여유가 자신에게 있는지를 속으로 계산하면서 리라에게 인사를 건넸다. 리라는 승희를 바로 알아보지 못하고 한동안 물끄러미 쳐다보았다. 먼저 만나자고 했으면서, 인스타그램에서 최근 사진도 봤을 거면서. 승희는 민망함에 따끔거리는 목 뒤를 쓸면서 어색하게 웃었다. 어렵사리 승희를 알아본 리라는 눈과 입을 활짝 열며 반가워했다.

너무너무 오랜만이다 언니. 그치.

응, 오랜만이다. 주문하러 갈까.

아니, 나가자.

리라는 벌떡 일어나 승희의 손목을 붙잡고 밖으로 나갔다. 알바생들이 안녕히 가시라는 인사도 하지 않는 것을 보니 리라는 음료도 주문하지 않고 꽤 오래 머문 모양이었다. 카운터 바로 앞에 앉아 있었으면서 대단하다. 대단히도 대단해. 승희의 속내 같은 건 궁금하지도 않다는 듯 리라는 승희의 손목을 끌고 척척 앞장서 갔다. 리라의 걸음이 멈춘 것은 포차 앞이었다.

언니 민증 가져왔지?

어? 어…….

이런 데는 민증 검사 더 철저하게 하거든.

지금 제일 큰 문제가 과연 그걸까, 리라야. 승희는 카드 지갑에 신분증이 있는지를 확인하는 척하며 돌아서서 한숨을 팍 내쉬었다. 그래, 이제 둘 다 성인이니까 술 마시러 가자고 할 수도 있지. 어릴 때만 알고 지내던 언니하고 술 한잔해 보고 싶을 수도 있지. 그런데 헌팅 포차가 뭐야. 나는 이런 데 와 본 적도 없어. 단 한 번도 와 보고 싶어 한 적이 없어.

열려 있는 문틈으로 남자 가수가 부르는 발라드 곡이 흘러나왔다. 난 네게 상처를 줬지만 여전히 널 그리워하고 그래도 날 용서하진 말고 대신 잊지도 말아 달라는 둥 앞뒤 안 맞는 가사로 된 고음 차력 쇼. 듣고 있자면 정서가 오염되는 것 같아서 승희 스스로 그런 노래를 튼 적이 단 한 번도 없을뿐더러, 그런 노래를 틀 만한 장소에도 발을 들이지 않고 지내 왔다.

들어가자, 언니.

리라는 다시 승희의 팔목을 휘감아 잡았다. 그래, 하루만 참자. 딱 하루만. 적어도 자기 발로 온 것이 아니라 말 그대로 리라 손에 끌려 들어가고 있다, 오늘만 참으면 된다는 사실을 승희는 위안 삼기로 했다.

여기는 안주 하나만 시켜도 돼. 이거 시키자. A 세트. 선택 메뉴로 국물 하나 나오고 감자튀김이랑 오징어 나오고 가성비 괜찮아.

리라가 말한 대로 A 세트 짬뽕탕을 주문하고 잠시 기다리는 사이 서빙 직원이 300시시 생맥주 두 잔을 내

왔다.

저희 술은 아직 안 시켰는데요.

승희가 말하자 리라가 소리 내서 웃었다. 짧고 높은 리라의 웃음소리는 지나치게 큰 음악에도 묻히지 않고 똑똑히 들렸다.

남자들이 사 주는 거야.

누가?

그냥 남자들이.

서빙 직원은 술을 보낸 남자들 방향을 가리키며 합석하겠느냐고 물었고 리라는 고개를 저었다. 서빙 직원은 맥주를 남겨 두고 돌아갔다.

합석하려면 양주는 못 보내도 칵테일 정도는 보내야지. 어이없어.

리라는 아무렇지도 않게 말하며 맥주잔을 들었고 승희도 홀린 듯 자기 앞에 놓인 잔을 들었다. 가볍게 건배하고 조금 시큼한 맛이 나는 생맥주를 벌컥벌컥 들이켜고 맥주잔 표면에 맺힌 물방울이 옮아 온 손을 툭툭 털자 어른이 된 리라가 눈에 들어왔다. 충분히 나이를 먹어서 이제 미워해도 될 만한 어른이 된 리라가.

부모님은 잘 지내셔?

왜?

왜라니. 안부 물어볼 때 왜냐고 되묻는 사람은 처음 보네. 안 본 사이 외국에서 살다 오기라도 했나. 부모님

안부를 물은 이유를 찾다가 승희는 어이가 없어서 조금 웃었다.

너희 엄마가 나한테 승희는 혈액형도 자기랑 같고 띠 동갑이라서 잘 맞는다고 했거든.

말하고 보니 더 웃겼다. 그 미친년 우리 아빠랑 떡 치면서 어떻게 그런 말을 했지. 우리 가족을 박살 낼 짓을 하면서 어떻게 나한테 잘 맞는다는 말을. 언젠가 내 새엄마가 되는 상상이라도 한 걸까. 승희는 비웃음을 숨기려고 입을 가렸다. 승희는 그 여자와 뭔가 통한다는 생각을 단 한순간도 한 적이 없었다. 리라를 만나기로 결정한 내심에는 그런 이유도 있었다. 뻔뻔하게 SNS 팔로우를 걸어온 건 그런 사정을 전혀 몰라서일 테니까, 알고도 팔로우를 걸었다면 그 엄마에 그 딸이라고 할 수밖에 없을 미친년일 테니까, 직접 만나서 말해 주고 싶었다.

엄마 죽었어.

리라는 아무렇지도 않은 투로 말했다. 승희는 한참 말을 못 잇다가 물었다.

……어쩌다가?

그냥 오늘은 부부 싸움이 좀 격하네 싶었는데 갑자기 베란다 밖으로 뛰어내렸어. 아빠가 이혼하자고 하자마자.

리라는 술잔을 흔들며 무심히 말했다.

언니는 어떻게 지내?

뭐…… 우리 엄마 아빠는 나 대학 가고 나서 이혼하고.

리라가 전한 소식이 너무 충격적이어서 승희는 어쩐지 자기도 유감스러운 사연들을 늘어놓아야 할 것 같은 기분이 들었다. 이혼 말고 또 뭐 있지. 아빠 직장 옮기고 반년 정도 임금 체불당해서 집안 사정 주저앉았던 거. 할아버지 사후에 유산 싸움 하면서 친가 친척들 다 틀어졌는데 아빠는 어차피 아들 중에서도 넷째라 우리 가족한텐 돌아온 것도 없었던 거. 남동생이 군대에 갔다가 종양이 생긴 걸 국군병원 가서 알았는데 그래도 그나마 양성이었던 거……. 다 모아도 자기 엄마가 눈앞에서 뛰어내린 사건과는 비할 수 없을 것 같아서 말문이 막혔다. 리라는 애초에 알고 싶지도 않았다는 듯 먼저 입을 열었다.

언니 소설가 된 거 알고 그럴 줄 알았다는 생각이 들었어.

그럴 줄 알았다는 건 나쁜 경우에 쓰는 말 아닌가? 리라는 본인이 한 말의 뉘앙스와 전혀 상관없어 보이는 해맑은 표정이었다.

언니는 어릴 때부터 상상력이 풍부했잖아. 종이접기 하면서 그거랑 연관된 마법 전사로 변신하는 놀이 했던 거 생각나? 예쁘게 접을수록 강한 전사가 된다고 했고. 언니가 가르쳐 준 다음에 동네 친구들하고도 가끔 했는데 언니랑 할 때가 제일 재미있었던 것 같아.

승희는 리라의 말에 조금 당황했다. 그건 그 무렵에 한창 재미있게 보던 만화에서 나오는 내용을 그대로 따라한 건데. 내 상상력이라고 하기 어려운데.

나 아직도 언니가 접은 거북이 가지고 있어.

듣고 보니 승희도 리라에게 거북이 전사 역할을 맡긴 이유가 기억났다. 열세 살 때 승희는 종이배, 학, 거북이, 장미, 백합, 별, 하트를 접을 줄 알았다. 접을 수 있는 것 중에 제일 못생기고 복잡한 게 거북이였다. 리라는 원래 승희보다 승희의 동생과 더 가까웠다. 남자애인 데다 승희보다 리라와 더 가까운 나이인 형희. 승희는 어째서인지 그게 마음에 안 들어 자기가 접을 줄 아는 것 중 가장 별로라고 생각되는 역할을 리라에게 맡겼다. 그때 그런 마음으로 접은 거북이를 리라가 아직도 소중하게 간직하고 있다면 그건 승희가 리라에게 조금 미안해야 할 일 같았다.

언니 되게 큰 상 받았더라. 제때 축하도 못 해 줬네. 늦었지만 축하해.

느닷없이 너무 상식적인 말이 리라의 입에서 나와서 도리어 승희가 놀랐다. 어릴 때 이야기를 나누다가 느낀 미안함 때문에 조금 풀어졌던 방어 태세가 다시 굳어졌다. 설마 돈 빌려 달라는 말 같은 게 나오는 건 아니겠지. 승희가 2년 전에 받은 장편소설상 상금은 승희의 월

세방 보증금과 생활비로 이미 거의 녹아 없어진 채였다.

축하에 늦고 빠른 게 어디 있어. 고마워.

상금으로 뭐 했어? 차 샀어?

그럼 그렇지. 애 입에서 상식적인 소리가 나왔다고 생각한 내가 바보지. 리라를 만난 건 실로 오랜만의 일인데도 어쩐지 편하게 느껴졌다. 보통은 궁금해도 묻지 않거나 어렵사리 돌려 말할 만한 일들을 아무렇지도 않게 입 밖에 내는 리라가. 차를 사기는커녕 의식주도 간당간당한 상황이었다. 그걸 굳이 리라한테 숨겨야 할까, 앞으로 언제 또 만날지 모르는데 그냥 다 말해 버릴까.

보증금하고 생활비로 썼어.

보증금 얼마?

1000만 원.

서울에 보증금 1000짜리 전세도 있어?

아니, 월세 내지. 월세 40.

장난 아니다.

장난 아니지.

승희와 리라가 주문한 안주와 함께 스트로베리 소주 피처가 테이블에 놓였다. 리라는 서빙 직원에게 물어 소주 피처를 보낸 테이블을 확인한 다음 그쪽으로 손을 흔들어 주었다. 합석하겠냐는 말에는 웃으며 고개를 저었다.

그래도 곧 전세로 이사 가.

승희는 테이블 서랍에서 수저를 꺼내 리라 앞에 놔
주며 말했다. 비록 대출이지만 월세 살 때보다는 좀 숨
통이 트일 거야. 그런 의미에서 한 말인지라 말하고 보
니 리라에게 한 것이 아니라 승희 스스로를 다독이는
말이 되었다. 상체를 옆으로 기울여 짬뽕탕을 올린 가
스버너에 불을 올리던 리라가 용수철 달린 인형처럼 고
개를 들었다.

　언니 이사 가?

　어, 응.

　뜻밖의 큰 반응에 놀란 승희는 리라를 따라 고개를
크게 끄덕였다.

　대박이다. 좋겠다. 언니 혼자 살아?

　응.

　나는 아직 아빠랑 같이 사는데.

　그게 아직이라고 할 만한 일인가? 나도 딱히 혼자 살
고 싶어서 혼자 살게 된 게 아니고 엄마랑 아빠가 헤어
지면서 각자 고향으로 돌아가는데 나는 계속 학교를 다
녀야 해서 자취 시작했는걸. 대답할 말을 찾지 못한 승
희가 맥주잔에 과일소주를 따랐다.

　이사 언제 가?

　21일.

　승희는 자다가 옆구리를 찔려도 이삿날이 언제인지
말할 수 있을 만큼 강박적으로 기억하고 있었다. 이삿날

은 지금 사는 방의 보증금을 돌려받는 날이고 전세 보증금 대출이 실행되는 날이며 새 침대 매트리스가 새집으로 배송될 날이었다.

얼마 안 남았네.

그렇지.

언니 이사 내가 도와줄게.

안 그래도 돼.

내가 그러고 싶어. 전화번호 찍어 줘.

그러고 보니 서로 아직 번호도 모르는구나. 승희는 리라가 내민 휴대폰에 연락처를 찍어 주었다. 짬뽕탕이 오랫동안 끓지 않아 서빙 직원을 부르자 새 가스 캔과 함께 맥주 두 잔이 더 왔다. 짬뽕탕은 다 끓고도 비렸고 감자튀김은 눅눅하다 못해 퀴퀴한 맛이 났으며 오징어는 말도 못하게 질겼다. 승희와 리라는 짬뽕탕을 내려놓고 버너에 오징어를 한 번 더 구워서 먹었다. 그러는 동안에 술은 끊임없이 날아왔다. 자리를 털고 일어나기 직전에는 리라가 바라던 대로 칵테일이 왔지만 오징어를 먹다가 마셔서인지 원래 그런 것인지 씁쓸하고 텁텁한 맛이 나서 다 남겼다.

승희는 안줏값 19,900원을 결제하고 리라를 택시에 태워 보낸 다음 1호선 막차를 타고 신도림역까지 가서 택시를 잡았다. 택시비 12,200원. 쓰러지듯 몸을 눕혀도 튕겨 내지 못하는 낡은 매트리스에 누운 채로 승희는 긴 숨을 여러 번 뱉어 냈다.

야 너 3만 원도 없어?

다음 날 승희가 눈뜨자마자 본 첫 번째 문장은 이것이었다. 유민의 말이었다. 확인해 보니 그 바로 위에 3만 원만 더 빌려 달라는 발신 메시지가 있었다. 기억은 나지 않지만 잠들기 직전 정신을 반쯤 놓은 채로 보낸 모양이었다. 노파심에 은행 앱을 켜 보니 건강보험료와 후불 교통카드 사용 금액 출금 내역이 얌전히 찍혀 있었다. 그래도 잔고가 2만 원 정도 남아 있는 것을 보면 무리가 없을 듯했다.

아냐 3만 원
필요 없어. 미안.

취한 와중에 택시비랑 안줏값 대충 더해서 3만 원을 더 빌려 달라고 한 제 정신에 기가 막혀 승희는 조금 웃었다. 유민에게서 연달아 메시지가 왔다.

일을 해.
다시 바리스타라도 하든가.
주말 알바라도 하라고.

술 마신 다음 날이어서 그런지 뭔지, 목울대가 곤두서며 울컥거리는 것을 참아 가면서 답장을 썼다.

응 안 그래도
대출받을 때 너무 서러워서
사대보험 되는 일 하고 싶더라.

승희는 눈물을 줄줄 흘리는 귀여운 애니메이션 이모티콘을 추가로 보낸 다음 돌아누웠다. 은행에서 대출 담당 직원과 나눴던 대화가 떠올랐다. 승희가 받기로 한 전세 보증금 대출은 정부가 청년층에게 지원하는 것이어서 대출 자격 심사가 상당히 관대한 편이었지만, 승희는 지난 한 해 사대보험이 되는 직장에서 일한 내역이 없어 필수 서류 중 하나를 낼 수 없었다. 두 번째로 은행에 찾아갔을 때 이 점에 대해 직원은 길고 친절하고 사무적인 보충 설명을 해 주었다. 요약하면 필수 서류라고 해도 꼭 한 가지 종류만 가능한 것이 아니라 여러 가지 대체 서류가 있으니 그걸 내도 괜찮다는 내용이었다. 안내받은 대로 종합소득세 신고 내역서와 겨울에 에세이를 실었던 기업 사보 제작 팀에서 받은 해촉 증명서를 차례로 냈지만 역시 차례로 부적합 통보를 받았다. 차순위 대체 서류 안내를 받으러 다시 한번 은행에 방문했을 때 승희는 결국 울고 말았다. 저는 포주도 아니고 살인 청

부업자도 아니고……. 이 대출 심사에서 요구하는 스탠더드대로 근로소득 신고를 하지는 못했지만 사업소득으로 제가 번 돈에 대한 신고를 꼬박꼬박 했고 당연히 그에 대한 세금도 냈고…… 애초에 저는 겁이 많아서 그런 거 제꺽제꺽 챙기는 편이거든요. 아무튼 그런데도…… 심지어 이건 무직자한테도 대출이 가능한 상품이라면서요, 청년층이 집을 구할 수 있게 정부가 지원해 주는 게 목적이라서. 그런데 제가 프리랜서라서, 소설가라서 대출이 불가능한 거라면, 그런 거라면, 저 같은…… 저 같은 사람들은, 어떻게 사나요? 어떻게…….

고객님, 저희는 고객님을 괴롭게 하려는 게 아니라 도와드리려고 하는 거고요. 최대한 많은 분들이 이 상품을 이용하실 수 있게 마련한 방식이 지금 말씀하신 그 스탠더드인 거예요. 기준의 우선순위에서 다소 뒤떨어지는 고객에 대해서는 저희도 아직 부족한 점이 있는 게 사실이긴 해요. 그래도 아직 대출 심사에서 아예 탈락한 걸로 확정받은 게 아니니까 너무 염려하시지 않아도 괜찮아요. 이번에 준비해 주실 서류는 아마 무리 없이 통과될 거예요.

승희는 뒤늦게 얼굴을 붉혔다. 단순히 대출 상품 안내를 하고 있을 뿐인 직원에게 자기 자신을 거절당한 것으로 느끼며 말했기 때문에. '저 같은 사람'은, '어떻게 사나요'라니, 이 사람의 귀에는 얼마나 황당한 자의식과

잉으로 들렸을까. 그렇지만 자격을 증명해야 하는 입장에서는, 스스로가 거절당한 게 아니라고 생각할 수가 없는걸. 눈물이 쏟아지지 않게 붙들고 있느라 얼굴근육을 온통 긴장시키고 있는 승희와 달리 직원은 사무적이고 프로페셔널한 친절의 표정을 잘 유지하고 있었다. 승희는 자기와 직원의 대조되는 안색을 머릿속에 문장으로 기록하면서 더더욱 막막함을 느꼈다.

소설에다 이 얘기나 써 볼까 봐.
너무 프로파간다적이려나? ㅋㅋ;
젊은 예술인의 현실 고발 막 그런 느낌?

승희가 농반진반으로 보낸 메시지에 유민은 딱딱한 답장을 보내왔다.

그런 구상 하고 있는 것부터가 일 생각은 뒷전인 거잖아.
일을 하라고
일을.

승희는 휴대폰을 침대 위에 툭 떨구었다. 그렇지만 이게 내 일인걸. 이 일이 직업으로서의 조건을 별로 못 갖추고 있는 건 사실이지만, 나는 이 일로 내 의식주를 해결하고 있는걸. 물론 새 옷을 사지 못한 지도 한참이고 밥도 가끔은 안 먹고 말지만 집세는 한 번도 밀린 적 없어. 이게 일이 아니면 뭐란 말이야. 팔꿈치 아래 떨어져 있던 휴대폰이 징 울렸다. 여전히 유민이었다.

> 따로 일도 하면서 너보다 잘나가는 작가들
> 쌔고 쌨어.
> 너도 알 거 아냐.

그렇다고 남하고 비교할 건 뭐야. 지가 우리 부모님이야? 승희는 어이없어하면서도 차분히 답장을 썼다.

> 당연히 알지 나도.
> 근데 나는 다른 일 하면서 소설 못 쓰겠어.
> 한 번에 한 가지 일밖에 못 해.

실제는 승희의 말과 겹치면서도 조금 달랐다. 1년 전쯤 승희는 대략 50여 개의 온라인 이력서를 돌린 적이 있었다. 작가를 필요로 하는 곳이라면 닥치는 대로 이력서를 넣은 셈이었다. 답장을 보내온 곳 다섯 군데 중에서 네 군데는 블로그로 온라인 마케팅을 하는 곳이었고 그중 하나는 그래도 페이가 괜찮아 보여서 온라인 오리엔테이션까지 참여했는데, 몇 가지 키워드를 열 번에서 스무 번 정도 반복해서 쓴 글, 가령, 스케일링 잘하는 곳 없을까요, 일 년에 한 번 보험 보장되는 스케일링, 그래도 아무 곳에서나 받을 수는 없잖아요, 스케일링 잘하는 병원이 어딘지 알아보다가 이멋진병원이라는 곳이 있다는 정보를 얻었어요, 이멋진병원이 스케일링으로 워낙 유명하다고 하네요, 결국 이멋진병원에서 스케일링을 받았고 스케일링 너무 만족스러워요 같은 글을 하루에 다섯 개씩 블로그에 올리면 된다는 교육을 듣고 포기했다. 어떻게 저런 문장들을 글 하나에 다 넣지. 하나 쓰는 걸 상상만 해도 피곤한데 어떻게 하루에 다섯 개씩 쓰라는 거지. 검색어 유입용 포스팅으로 돈을 버는 온라인 마케팅 업체들을 제외하고 남은 하나의 업체는 방송 프로그램 외주제작을 하는 곳이었고, 다큐멘터리 영상에 자막을 입히는 일을 하루에 아홉 시간, 주 6일, 사대보험 없이 하는 조건으로 최저임금에 아슬아슬하게 못 미치는 급여를 준다고 했다. 집에서 지하철로 한 시간 반이 걸리는 거리까지 면접을 보러 갔다가 그 자리에서 못 한다는 말을 하고 돌아왔다. 돌아오는 길은 갈 때보다 더욱 길고 멀게 느껴졌다.

그러니까 네가 안 되는 거야.

그 메시지를 마지막으로 유민은 더 이상 말이 없었다. 그런 말 누가 누구에게 해도 나쁜 거지만 박유민 네가 나한테 할 소리는 더더욱 아니잖아. 너야말로 씨발 보기 드문 한량이잖아. 지는 소설 입으로만 쓰지 제대로 완성한 것도 없어서 어디 내지도 못하면서. 부모님 돈으로 자취하고 부모님 돈으로 대학원 다니면서 뭐 잘났다고 되는 사람 안 되는 사람을 따지고 있어, 그 주제에.

부아가 나서 길게 따지려다가 승희는 다시 휴대폰을 매트리스에 떨어뜨렸다. 사실은 던지고 싶었지만 그래선 안 된다는 사실을 도무지 잊을 수가 없어서 그냥 떨어뜨렸다. 그런 주제의 유민에게 70만 원을 빚지고 있는 자기는 대체 어떤 주제일까. 승희는 무심히 벌어진 채로 둔 입속이 말라서 이상한 느낌이 들 때까지 부동자세로 있었다. 한참 만에 휴대폰이 다시 울렸다. 낡은 매트리스는 휴대폰이 울리면 함께 진동했다. 그러고도 한참 뒤에 승희는 휴대폰을 집어 들었다. 이번에는 리라였다.

언니 잘 들어갔어?
나 지금 일어남 ㅠ
속 뒤집어져 죽겠어…….

승희도 오랜만에 많이 마셔서 속이 쓰렸다.

해장해야겠다.

집 근처 콩나물국밥집에서 간단하게 요기하고 돌아오는 동안 승희는 내내 리라와 대화를 주고받았다. 타자를 치느라 시간 간격이 벌어져서 그런지 메시지 대화가 실제로 주고받는 대화보다 훨씬 편했다. 실제로 마주 보고 대화를 주고받을 때는 리라가 자꾸 불쑥불쑥 엉뚱한 소리를 내뱉는 통에 흐름이 종종 끊겼으니까.

그런데 리라가 엄마가 아빠한테서 이혼하자는 말을 듣고 자살한 걸 안다면, 이혼하자고 한 이유가 뭔지도 알까?

문득 그런 궁금증이 승희의 속을 두드렸지만 굳이 확인하고 싶은 마음까지는 들지 않았다. 리라와 만나기로 한 일을 소설에 녹여 보면 어떨까 하던 최초의 구상과 함께 그 일에 대해 묻고 싶은 충동을 접었다. 가능하면 리라가 그 일에 대해서는 몰랐으면 하는 마음까지 들었다. 승희에게 리라의 엄마가 세상에서 가장 혐오스러운 사람인 것처럼 리라에게 승희의 아빠가 그런 사람인 것으로 충분했다. 리라가 아직 그 사실을 모른다고 하더라도.

리라는 이삿날 아침 일찍 나타났다. 하긴 오랜만에 다시 만났을 때도 약속 시간보다 훨씬 일찍 와 있었지. 제멋대로인 것처럼 보이는 인상과 별개로 약속 시간을 잘 지키는 점이 승희의 눈에는 괜찮아 보였다.

언니 짐 아직 다 못 썼네.

아직 안 싼 건 다 버리는 거야.

멀쩡한데?

쓸 데가 없어.

리라가 왜 아직 안 썼냐고 가리킨 물건들은 대체로 만 원 2만 원 대의 인테리어 소품들이었다. 생활비에 여유가 좀 있거나 기분이 좋지 않을 때마다 틈틈이 사들인 향초, 디퓨저, 갈런드, 패브릭 포스터, 텀블러, 저금통, 미니어처 오브제 따위. 살 때는 기분도 좋았고 방 분위기를 쇄신해 줄 거라 기대도 됐지만 분위기 전환은커녕 막상 택배 상자를 뜯고 보면 대개 사진보다 못하며 공간만 차지해 방을 더 어수선하게 보이게 하는 데다 때로는 택배를 뜯을 기운도 나지 않아 박스째로 오랫동안 방치한 물건들이었다. 딱 만 원짜리 구멍이 가슴에 나 있었던 거지. 만 원짜리 물건을 사는 일로밖에는 채울 수 없는 구멍이. 이따위 물건들을 사들일 돈으로 진작에 매트리스부터 주문해야 했어. 새집에는 미적감각과 실용적 기능을 두루 갖춘 물건만 들이기로 승희는 결심했다. 그 결심의 첫걸음으로 예쁘고 비싼 허섭스레기들을 다 갖다 버릴 생각을 하니 가슴이 아프면서도 기분이 좋아서 이상했다.

책 너무 무거워. 언니 남자 친구 안 와?

나 남자 친구 없는데.

리라는 짐을 척척 들어 옮기면서도 투정을 했고 승희

는 유민을 떠올렸다. 이삿날이 언제라고도 했고 집이 어디인지도 아니까 한번 들러 볼 만도 한데 진짜 정 없다. 일손 거들어 주면 좀 좋아. 됐다, 그런 새끼도 친구라고. 친구 없는 나를 탓해야지 누굴 탓해. 승희는 구시렁거리며 책 꾸러미를 용달 트럭 적재함에 올렸다. 다시 연락이 닿은 지 얼마 되지도 않았는데 나서서 이사를 돕겠다 한 리라가 더욱 고맙게 여겨졌다.

새집이 살던 곳과 같은 동네에 있어서 짐을 싣고 옮기는 데에 오래 걸리지 않았다. 짐을 다 실을 즈음 유민에게서 연락이 와서 새집 주소를 알려 줬다. 짐을 다 내릴 즈음 유민이 와서 용달차 기사님 몫까지 짜장면과 탕수육을 시켜 줬다. 밥을 다 먹고 잔짐을 풀기 시작할 때 매트리스 배송이 왔다. 신발 신고 들어오셔도 돼요. 리라야 냉장고에서 이온 음료 하나 꺼내서 기사님 드려. 매트리스는 승희의 뜻대로 큰방 한쪽 구석에 놓였다. 이거 매트리스만 쓰시면 바닥면에 곰팡이 쉽게 생겨요. 인터넷에 침대 팔레트 이런 거 검색해 보면 많이 나오거든요. 그거라도 밑에 꼭 까세요. 좋은 매트리스 아껴서 써야죠. 라텍스 침대라 묵직해서 허리 다칠 수 있으니까 남자 친구분한테 꼭 도와 달라고 하시고요. 배송 기사가 돌아가자 유민이 불편한 내색을 했다.

만날 나한테 돈 꾸면서 이런 거 살 돈은 있었어?

이거 안 사면 나중에 척추 수술비 2000만 원 대출받아야 할 것 같아서 산 거야.

승희는 매트리스 커버를 씌우느라 유민 쪽은 돌아보
지도 않고 대꾸했다. 유민은 기분이 상했는지 그대로
돌아갔다. 끝까지 이삿짐에는 손가락 하나 대지 않은 채
였다.

언니 남친 존나 싸가지 없다.

남자 친구 없어, 나.

왜 이거 까만색으로 했어?

리라는 매트리스 커버를 가리키며 물었다.

생리 흘려도 티 안 나니까.

승희의 말에 리라는 킥킥 웃었다. 귀퉁이까지 주름
하나 없이 커버를 씌운 퀸 사이즈 고급 라텍스 매트리
스. 그 위에 승희가 벌렁 누웠다. 과연 아침에 대형 폐기
물로 내놓은 매트리스와는 천양지차였다. 허리는 물론
이고 온몸이 녹아 스미는 것 같았다. 바로 옆에 리라가
누웠다. 리라와 몸을 전혀 맞대지 않고도 두 사람 모두
누울 수 있는 사이즈에 승희는 말할 나위 없는 만족감
을 느꼈다. 불쑥 리라가 질문을 던졌다.

언니도 죽고 싶다는 생각, 해?

가끔은 안 해.

리라는 승희의 대답이 무슨 뜻인지를 잠깐 생각하다
가 소리 내어 웃었다.

나도 그런 것 같아.

그래 보여.

청소와 정리를 대충 끝내자 밖이 어둑어둑했다. 늦었으니까 자고 가라고 하자 리라는 원래 그러려고 했다고 말했다. 승희는 리라의 대답이 이상하다고 생각하면서 웃었다. 예전 집에 있을 때부터 먹던 묵은쌀로 밥을 안치고 고추참치 캔을 까서 밥을 먹었다.

이사 다음 날 계간지 단편소설 고료가 들어왔다. 메일로도 고료를 넣었다는 안내가 왔다. 원래 10일 전후로 넣어 줘야 했는데 이번에는 사정상 조금 늦었다고 죄송하다고 쓰여 있었다. 뭐 어때. 승희는 치킨을 시켜서 리라와 함께 먹었다. 배달 앱에 새 주소를 입력했는데 자주 시켜 먹던 치킨집이 여전히 배달 가능 지역 안에 있어서 편했다.

그다음 날은 주민센터에 가서 새로 전입신고를 넣었다. 전입신고 서류를 받아서 은행에도 냈다. 여분 열쇠가 없기도 하고 리라도 동네를 구경하고 싶다고 해서 승희는 내내 리라를 데리고 다녔다. 돌아오는 길에 리라는 편의점에서 새 팬티를 샀다.

언니 소설만 써? 아님 다른 일도 해?

내가 다른 일도 하면 너랑 여기에 사흘 내내 처박혀 있기만 했겠니…….

그러네.

그제야 문득 승희는 리라가 굳이 돌아가려는 기색이

없다는 사실을 깨달았다. 리라가 승희의 일상에 크게 걸리적거리지 않아서 그 사실을 깨닫는 데에도 시간이 들었다. 아무 때나 자고 아무 때나 밥을 먹는 승희처럼, 리라도 승희가 잘 때 자고 승희가 밥 먹을 때 밥을 먹었다. 승희가 일을 하려고 컴퓨터 앞에 앉으면 자기도 휴대폰을 가로로 눕히고 침대에 엎드려 게임을 했다. 얘 왜 집에 안 가지. 이 사실을 깨달았을 때 승희는 잠깐 당황했지만 이윽고 리라를 굳이 내쫓을 필요도 없다는 결론에 도달했다. 편의점에서 사 온 팬티 몇 장을 빨아서 돌려 입게 하고 옷은 대충 승희의 것을 빌려주고 밥을 지을 때마다 쌀 한 컵씩을 더하고, 그런 식으로 지내려면 지낼 수 있을 것 같았다. 다만 거북이 생각이 머리를 떠나지 않았다. 어렸을 때 승희가 리라에게 접어 줬던, 여전히 리라가 간직하고 있다는 종이 거북이. 승희는 종이학 접는 법을 여전히 기억했지만 거북이 접는 법은 잊어버렸다. 종이학 접기랑 중간까지 비슷하다는 점만 어렴풋이 기억났다. 그게 있는 방으로 돌아가고 싶지 않은 걸까. 그건 소중하고 그게 있는 방은 소중하지 않을까. 그러니까 나는 괜찮다고 치고 쟤는 왜 이러는 걸까. 왜 집에 안 가는 걸까. 같이 지내는 것 자체는 문제가 아닌데 집에 안 가는 이유를 모르고는 같이 지낼 수가 없겠다는 생각이 들어서 승희는 의자 등받이에 팔을 걸고 침대에 누워 있는 리라를 돌아보았다.

언니.

리라는 휴대폰을 가로로 눕힌 채 게임을 하느라 승희 쪽은 쳐다보지도 않으면서 승희를 찾았다.

소설 쓰는 거 재밌어?

응.

진짜로?

재미로 쓰는 건 아니지만 쓰다 보면 재미있어.

그럼 나도 소설에 나오게 해 줘.

왜?

재밌으니까.

승희는 그런 말을 학창 시절부터 여러 번 들었다. 시를 써서 교내 대회와 지역 대회, 전국 대회에서 상을 받아 올 때마다 자기에게 바치는 시를, 자기를 모델로 한 시를 써 보지 않겠냐는 실없는 소리를 하는 애가 늘 하나씩 있었다. 네가 나의 뭔데 내가 너에 대한 시를 쓰겠니, 하고 속으로 비웃고 넘어가면 그만인 그런 소리를 리라가 자기 방에서 하고 있다는 사실이 승희에게는 기묘하게 느껴졌다. 리라에 대한 소설을 쓰려는 생각이 전혀 없던 게 아니어서 더욱 그랬다.

싫음 말고.

리라는 아무렇지도 않게 말하고 돌아누웠다. 다시 모니터 쪽으로 돌아앉은 승희의 눈에 새 메시지 알림이 보였다.

집들이 안 하냐.

유민이 며칠 만에 보내온 메시지였다. 승희는 픽 코웃음을 쳤다. 내가 돈 안 갚고 새 매트리스 샀다고 꼬라지 내면서 집에 간 주제에 집들이는 무슨.

집들이도 돈이 있어야 하지.

승희의 말에 유민은 냉큼 답장을 보내왔다.

내가 술 사 가고 피자 같은 거 시키면 되잖아.

그럼 그러든지, 라고 답장을 보내고 정확히 10분 뒤 유민이 왔다. 승희는 웃음이 나려는 것을 참아 가며 문을 열어 주었다. 박유민 너도 엄청 심심했구나. 하긴 너도 친구 없지. 나만큼 없지. 그러니까 내가 맨날 돈 꿔 달라고 해도 거절을 못 하지. 유민은 예고한 대로 맥주 피처를 세 병 사 왔고 도착하자마자 피자를 시켰다.

승희와 리라와 유민은 미친 듯이 웃으면서 피자와 맥주를 먹고 마셨다. 중간중간 편의점에 가서 새 술과 안주를 사 오기도 했다. 유민이 하도 돈 가지고 쪼잔한 소리를 하길래 승희는 앉은자리에서 은행 앱을 켜 70만 원을 갚아 버렸다. 유민은 그 돈으로 매운 족발을 주문했고 매운 족발은 너무 매워서 다들 먹는 둥 마는 둥 하다가 침대에 누웠다. 지금껏 혼자 눕기에도 좁은 싱글 매트리스만 써 봐서일까, 사람 셋도 누울 수 있는 퀸 사이즈 매트리스는 운동장처럼 느껴졌다. 리라가 유민을 발로 차서 벽 쪽으로 밀치며 언니한테 손대면 죽여 버릴 거라고 했다. 유민은 이 매트리스 진짜 허리에 착 달라붙는다고 감탄하면서 승희가 갚은 돈으로 자기도 같은 매트리스를 살 거라고 호언했다.

남녀 셋이 같은 방 같은 매트리스 위에서 자다니 오카자키 교코 만화 같은 상황이네. 승희는 양옆에 누운 두 사람의 숨소리를 들으며 혼자 눈을 말똥말똥 뜨고 생각했다. 굳이 따지자면 『헬터 스켈터』 말고 『핑크』. 그런 생각을 하는 동안은 건보료와 국민연금과 전기세, 수도세, 통화료 고지서, 대출 인지세, 보증료 같은 것이 하나도 떠오르지 않았다. 그런 것들을 하나도 생각하지 않는 순간이 얼마나 산뜻한지를 승희는 아주 오랜만에 곱씹었다.

다음 날 승희와 리라와 유민이 거의 동시에 깼다. 방 안이 너무 더웠다.

아 씨 뭐야, 땀 끈적거려. 붙지 마.

유민이 신경질을 냈고 리라는 잠이 덜 깬 듯 칭얼거렸다.

언니, 에어컨 꺼졌나 봐.

이상하다. 오토 모드 해 놔서 온도 올라가면 자동으로 켜지게 되어 있는데.

고장 난 거 아냐?

진짜 고장 났으면 어떡하지. 70만 원 괜히 갚았어. 에어컨 고치거나 새로 사야 할지도 모르는데.

내가 또 빌려주면 되잖아.

에어컨이 정말 고장 났다면 큰일이라고 생각하면서도 승희는 그대로 누워 있었다. 리라도 유민도 몸을 일으킬 생각을 하지 않았다. 나는 그렇다 치고 애들은 대체 왜 안 일어나는 거지. 승희는 흐르다 말라서 희미하게 하얀 땀자국이 남은 팔을 매트리스 커버에 쓱쓱 문지르며 생각했다.

여기까지 7년.

꽤 오랫동안 소설 쓰는 일을 나 혼자의 작업으로 여겼다. 완전히 그렇지도 않다는 생각을 최근에는 하고 있다. 7년은 여기 실린 소설들을 쓰는 데에 든 시간이기도 하고, 첫 정규 소설집을 내는 데에 든 시간이기도 하며, 이 일을 직업으로 받아들이는 데에 걸린 시간이기도 하다.

책이 저절로 만들어지는 게 아니라는 것을 충분히 배운 다음에야 첫 정규 소설집을 내게 되어 다행이다. 책임감이 생겼다. 이전 작업보다 뒤처지지 않으며 이후 작업에 부끄럽지 않을 지금이 되도록 노력하는 태도. 책을 만들고 알리고 읽어 주는 고마운 이들을 향한 마음이기도 하다. 이것이 생기고부터는 결코 쓰는 일을 혼자의 일로 느낄 수 없게 되었다.

쓰는 동안 완전히 혼자가 되는 순간은 그럼에도 기어이, 우연하게 오곤 한다. 나는 그 두려움에 사로잡히는 순간을 좋아하는 것 같다.

2022년 1월
박서련

퀸 사이즈 소설과 그 여주들

이지은(문학평론가)

참을 인(忍) 자가 셋이면 병이 난다

참을 인 자가 셋이면 살인도 면한다고 했던가. 옛말 그른 것 없다지만, 참고 참고 또 참았는데도 고행이 끝나지 않는다면 그땐 어찌해야 하나. 목사 남편의 외도 고백도, 회개도, 설교도 피로한 아내는 그저 주문처럼 흥얼거린다. "사랑은 언제나 오래 참고."* '내조-육아-봉양'의 첩첩난관이 가부장제 가족제도에 구속된 여자들의 인생행로라면 어디 참을 인 자 고작 세 개 가지고서 살인을 면할 수 있을까. 아들이 왕따를 당할까 내내 노심초사인 엄마는 급기야 아들의 기를 살려 주고자 대리 게임까지 뛰었는데, 게임 채팅창은 엄마를 '엄마'라 하지도 못하게 한다. 엄마는 폭주할 수밖에. '내가 네 어미다.' 어디 그뿐인가. 10년 근속 포상 여행을 뺏기다 못해 졸지에 여행 수발까지 들게 된 며느리는 시모에 대

---

* 「보」, 111쪽.

한 살의를 좀처럼 삭이지 못하고 있다. 물론 독박 돌봄 노동은 며느리뿐 아니라 딸에게도 불경한 생각을 품게 한다.

『당신 엄마가 당신보다 잘하는 게임』을 읽고 나면 거대한 가족제도의 그늘이 감지된다. 이는 소설의 주인공이 남편을 내조하는 아내, 자식을 키우는 엄마, (시)어머니를 돌보는 며느리/딸, 그리고 이들의 삶에 대해 쓰는 소설가(이자 딸)이기 때문일 것이다. 대체로 이들은 자신에게 부여된 역할 속에서 살의를 느끼는데, 그렇다고 시종일관 화만 내고 있는 건 아니다. 모계를 통해 전해 내려온 지혜로 내 마음 다독여 줄 건 내 손바닥밖에 없음을 깨닫게 되니까. 우리도 함께 "엄지손가락을 교차해 손바닥 나비를 만들어 가슴에 얹은 채로 (……) 씨발 그냥 죽어 버리고 싶다…… 같은 생각들을 두드려 평평하게 만들"*어 보자. 그러나 마음을 다독여 주는 손바닥은 언제든 위쪽으로 미끄러져 자신의 목을 조를 수도 있으니 플랜 비 정도는 마련해 둬야 한다. 이를테면 '소확행'. '소비는 확실한 행복'이라는 진리. 술값 3만 원을 걱정해야 하는 승희네 집에 만 원짜리 소품이 많은 이유다. "딱 만 원짜리 구멍이 가슴에 나 있었던 거지. 만 원짜리 물건을 사는 일로밖에는 채울 수 없는 구멍이."**

* 「그 소설」, 190쪽.
** 「A Queen Sized Hole」, 228쪽.

그러나 만 원짜리 물건을 사는 일로밖에 채울 수 없다고 해서 구멍이 만 원짜리는 아니지 않은가. 소설 제목이 내놓고 말하고 있듯, 그들 가슴의 구멍은 퀸 사이즈만 하고 그것은 웬만한 물건으로는 메꿔질 것 같지 않다. 그러니 우리에겐 '퀸 사이즈 소설'이 필요하다. 내 이야기이자 네 이야기이기도 할 퀸 사이즈 소설의 여자 주인공 이야기 말이다.

연민과 미움 사이의 곤경

여자들 가슴에 퀸 사이즈 매트리스만 한 구멍이 뚫린 데엔 여러 곡절이 있겠지만, 그중 많은 면적은 돌봄 노동으로 인해 갉아 먹힌 흔적일 테다. 그런데 돌봄 노동이라고 해서 다 같은 돌봄 노동이 아니다. 가사 노동은 기본값으로 두고서라도, 남편에 대한 내조, 아이의 양육, 노부모에 대한 봉양·간병 등 돌봄의 종류에 따라 작업의 강도와 디테일, 그리고 감정의 쓰임새가 달라진다. 그러니 천불이 나는 진원지가 달라지고 터지는 복장의 부위가 달라질 밖에. 특히 노부모 봉양이나 병든 부모의 간병은 오늘날 가족제도 내부에서 감당하기 어려운 문제인데, '자식 된 도리'라는 당위는 대책이 되지 못하면서도 제도적 뒷받침이 미비한 현실에서 사실상 유일한 방안으로 여겨지게 된다. 가족 내부의 역할이 대체로 그렇듯, '자식 된 도리'에도 성별 규범이 존재하므로 노부모 돌봄 노동은 며느리와 딸에게 많은 부분 전가된다.

「곤륜을 지나」의 며느리 자영, 「기미」의 딸 원희가 (시)어머니 돌봄에 지쳐 가는 며느리/딸의 서사를 보여 준다. 자영은 친정 엄마와 함께하려던 해외여행을 시어머니에게 가로채인 것도 모자라 졸지에 시어머니와 단둘이 중국 여행에 오르게 되었다. 처음부터 자신을 탐탁지 않게 여긴 시어머니와 체력적으로 부대끼는 일정을 소화하는 일은 고역이다. 소설을 읽다 보면 반복되는 자영의 헛구역질은 뱃멀미인지 시어머니 멀미인지 헷갈릴 정도다. 한편, 원희는 치매를 앓는 엄마를 돌보고 있다. 생계를 유지하면서 치매 노인을 돌보는 일은 체력적으로도 힘든 일이지만, 아무리 병증이라 하더라도 자신에게 욕을 해대는 엄마에게 정성을 다하는 일이 감정적으로 쉽지 않다. 무엇보다 가장 힘든 점은 이러한 생활이 언제까지 지속될지 모른다는 것이다. 그래서 원희는 자기도 모르게 이런 생각을 하게 된다. "제발 그만하면 안 될까. 엄마. 숨을 그만 쉬면 안 될까."*

자영과 원희는 처한 상황이 다르지만, 돌봄을 오롯이

---

* 「기미」, 168쪽.

혼자 짊어져야 한다는 점에서 유사한 소외감을 느낀다. 우선, 공통적으로 두 소설에서 남성 인물은 문제 상황에서 비껴나 있다. 자영의 남편은 시모의 부당한 행동을 "우리 엄마 원래 그래."(126쪽)라는 말로 일축하고, 이것이 안 통할 때엔 "우리 엄마, 원래 안 그런데."(128쪽)라는 말로 우회한다. 자영은 이런 하나 마나 한 말에 대꾸를 하느니 혼자 속앓이를 하는 게 덜 피로할 것이다. 그러고 보면 「곤륜을 지나」에는 말을 삼키는 자영의 모습이 자주 포착된다. 이를테면 이렇게. "자영은 튀어나오려는 대꾸를 입에 고인 신물과 함께 넘겼다."(116쪽), "자영은 감히 묻지 못했다. 친정 엄마에게라도 하지 못할 말이었다."(130쪽), "자영은 애초에 아무 말도 입 밖에 내지 못했다."(143쪽) 이러한 사정은 「기미」의 원희도 유사하다. 엄마가 뇌졸중으로 쓰러졌을 때, 오빠 부부는 엄마를 돌보기에 나이가 많았다. "선택권이 없었지만, 선택했다. 적어도 원희는 그렇게 믿었다."(156쪽) 원희가 스스로의 선택이라 믿었던 일은 생각보다 어려웠지만 그 괴로움을 누구에게도 이해받지 못했다. 원희에게 도움을 주는 친구 성미는 엄마의 병을 원희의 업보처럼 말하고, 잠깐 만난 애인은 "엄마 때문에 힘들다는 이야기를, 엄마를 어떻게 죽이면 좋을지 묻는 것으로 착각"(171쪽)한다. 가족 내 여성들에게 전가되는 돌봄 노동의 괴로움이란, 육체적 피로와 돌봄 대상과의 정서적 관계에서만 오는 것이 아니다. 그 괴로움에는 친밀한 사람들에게서도 이해받지 못하는 소외감까지 더해져 있다.

두 소설에서 눈여겨보아야 할 지점이 하나 더 있다. 당연한 말이지만, 자영과 원희를 곤경에 빠뜨린 시모와 엄마가 '악인'이 아니라는 점이다. 사실 자영의 시모가 기를 쓰고 곤륜산을 찾은 것은 자신의 업을 씻기 위함이다. 시모가 생각하건대 자영이 고통 받는 것은 자신의 업 때문이고, 그러니 곤륜산에 온 것은 며느리를 위함이다. 이는 시모 당신이 당했던 독한 시집살이를 대물림하지 않기 위한 방법이기도 하다. 문제는 시모의 진심이 어떻든 간에 그간 자영에게 쌓인 설움이 '진심 어린' 말 몇 마디로 갈음되지도 않을 뿐더러, 며느리가 탄 여행 상품권을 (설령 며느리를 위한 일이라고 할지라도) 자신의 업을 씻는데 쓴 것 자체가 또 하나의 업이 되었다는 점이다. 원희의 엄마도 치매를 앓기 전에는 자신보다도 원희의 삶을 더 걱정했다. "아깝다 아까워. 엄마는 미안해했다. 나 때문에 네 인생 아까워서 어떡해."(156쪽) 그러나 엄마의 마음과 별개로 당신이 할 수 있는 일은 별로 없었고, 속수무책으로 정신을 잃어 갈 뿐이다. 이러한 어긋남은 한평생 아내/엄마의 역할에 충실하며 살았던 노년 여성이 그 족쇄를 다음 세대의 여성에게 넘겨주지 않으려 해도 그게 마음처럼 되지 않음을 보여 준다. 마음을 온전히 전달하기 위해서는 삶의 조건에 대한 자각과 그것을 표현할 수 있는 언어를 가져야 함은 물론이고, 경제적 여유도 있어야 한다. 그러나 이전 세대의 여성들이 이를 고루 갖추기는 쉽지 않다. 빗나간 (시)어머니의 마음이 진실하면 할수록 며느리/딸을 연민과 미움 사이에서 헤매게 할 뿐이다. 이들의 곤경은 개인의 진심으로 개선되지 않는다. 그러니까 이건 진심의 문제가 아니다. 가족과 사회에 작동하고 있는 '룰'의 문제인 것이다.

게임 체인저의 등장

박서련 소설의 시그니처는 바로 이 규범을 당차게 문제 삼고 영리하게 전유하는 인물들에게서 나타난다. '모단걸'이 되기 위해 계급 평등과 성평등을 주장했던 강주룡[*]이 그랬고, 교묘하게 법의 심판을 피한 성폭력 가해자에게 사적 복수를 집행한 수아[**]가 그랬다. 물론 그녀들의 '살벌한 전투력' 이면에는 '내가 ○○○이다.'라고 함께 외치는 '동명이인 되기'의 우정과 연대의 세계[***]가 존재했다. 이번 소설집에도 어김없이 '게임의 룰'을 문제 삼는 매력적인 여성들이 등장하는데, 가장 먼저 존재감

---

[*] 『체공녀 강주룡』, 한겨레출판, 2018.

[**] 『마르타의 일』, 한겨레출판, 2019.

[***] 『더 설리 클럽』, 민음사, 2020.

을 드러내는 이는 바로 다이아 리그 진입을 앞두고 있는 '당신 엄마'다. 「당신 엄마가 당신보다 잘하는 게임」의 지승이 엄마는 왕따 트라우마에서 겨우 벗어난 아들이 게임을 못한다는 이유로 또래 친구에게 기가 죽는 게 싫어 몸소 게임 과외를 받았다. 과외 선생님이 훌륭한 덕인지 아니면 뒤늦게 적성을 찾은 것인지, 지승이 엄마는 아들 친구와의 내기 게임을 그야말로 '찢어 버린다.' 그런데 압도적인 승리를 이루고도 지승이 엄마는 승리의 도취감에 젖지 못한다.

나는 지승이 ××거든
왜 이러지? ××

당신은 분명히 '엄마'라고 쳤는데 화면에는 자꾸 그 단어가 지워져서 올라간다.
이거 왜 이러지?
당신의 말에 아이는 그것도 모르냐는 투로 대꾸한다.
채팅창에 욕 치면 블라인드 처리되잖아.
그건 엄마도 아는데, 엄마가 욕이니?**

지승이 엄마는 아들의 친구에게 자신의 정체를 밝히

* 「당신 엄마가 당신보다 잘하는 게임」, 43쪽.

려 하지만, 채팅창에서 '엄마'라는 단어는 블라인드 처리가 된다. 게임 못하는 사람들을 싸잡아 여자 이름으로 부르며 낄낄거리는 대화가 난무하더니, 이번엔 아예 '엄마'라는 단어 자체가 욕이라는 거다. 게임 채팅창은 여성 혐오를 대화의 기본 문법으로 사용하고 있는데, 이러한 어법이 게임 세계에 한정된 일이라 할 수도 없다. 소설의 마지막 장면에선 블라인드 처리가 채팅창 바깥으로 튀어나와 지승이 말이 제대로 들리지 않는다. "아이가 간신히 내뱉은 말이 당신의 귓전을 윙윙 돈다. ××, 울어? ××, 괜찮아? 모니터에는 승리를 알리는 메시지가 뜨지만 당신은 더 이상 승자의 기분을 느끼지 못한다."(45쪽) 그나마 위안인 것은 지승이 엄마가 승리감을 즐기지 못했더라도, 작가는 원하는 바를 전달하는 데 성공했으리라는 점이다. 소설은 일상의 언어 속에 여성 혐오가 얼마나 두텁게 내장되어 있는지, 그리고 그것이 여성의 존재와 역할을 얼마나 효과적으로 '블라인드 처리'하는지 마냥 웃을 수만은 없는 에피소드를 통해 보여 준다. '엄마'가 욕이라는데, ××의 사랑, ××의 희생, ××의 헌신…… 그 어떤 것인들 귀하게 여겨질 수 없을 테니 말이다.

「당신 엄마가 당신보다 잘하는 게임」이 여성 혐오를 통해 작동하는 '대화의 룰'을 가시화하고 있다면, 「미키 마우스 클럽」은 여성에게 강요되는 미적 규범에 대한 전유를 보여 준다. 「미키마우스 클럽」의 '나'는 최고의 인기를 누리고 있는 아이돌 가수 니나의 엄마이자 매니저다. '나'는 미혼모로 니나를 낳고 기르며 몇 번이나 죽음을 결심을 했지만, 고생 끝에 낙이 오는 건지 이제 니나는 그의 꿈을 대리 실현해 준 존재가 되었다. 화려한 날들이 지속되나 싶었지만, 미성년자인 니나가 임신을 하게 되고 어느 기자가 그 사실을 폭로하려는 데서 위기가 찾아온다. 그런데 이 '위기'에 대해서는 좀 더 따져 볼 필요가 있다. 임신이 니나의 인생에 중대한 사건임에는 틀림없고, 아이를 낳을지 임신 중단을 할지는 충분한 시간을 갖고 고민해야 할 문제인 건 확실해 보인다. 그러나 지금 니나의 연예계 생명을 위협하고 있는 것은 니나의 성적 자기결정권이나 임신으로 인한 활동 공백 같은 게 아니다. 정확히 말해 '위기'는 임신 그 자체가 아니라 대중이 여성 아이돌에게 순결함과 순진함을 강요하는 데서 발생한다. 기실 미성년 여성의 임신은 연예인은 말할 것도 없고, 보통의 가정과 사회에서도 임신에 이르기까지의 과정은 생략한 채 여성의 성적 문란함으로만 낙인찍는 일이 빈번하다. '나'가 기자를 폭행하는 자충수를 둔 것도 걸그룹에 강제되는 성적 억압을 누구보다 잘 알고 있었기 때문이다. 그런데 '나'가 유치장에 갇혀 상황이 악화되는 가운데, 니나는 아주 영리한 반격으로 이 진실 게임의 판도를 바꾼다.

너는 천사 같은 얼굴로 눈물을 글썽이고, 경찰서 안의 모든 사람들은 기자를 폭행한 사람이 바로 여기 있다는 사실도 잊은 채 혀를 차며 너를 동정한다.

저렇게 순진한 애를…….

저 아무것도 모르는 애를…….*

니나는 그간 자신을 강제했던 미적 규범과 성적 억압을 자신의 편에서 이용한다. 대중이 자신에게 원했던 "순수하고 천진난만한 열일곱 살 소녀의 이미지"(54쪽)를 거꾸로 대중을 속이는 데 이용하는 것이다. 니나는 자신을 억압하던 규범을 스스로 구사하면서 규범이 목적했던 바를 배반한다. 천사 같은 얼굴로 눈물을 글썽이고 아무것도 모르는 순진한 소녀를 연기하면서 니나는 이 게임의 판도를 자신에게 유리한 쪽으로 돌린다. 이러한 니나의 반격은 통쾌하긴 하지만, 이 또한 일시적인 방법이라 할 수밖에 없다. 근본적으로 미성년 여성의 섹슈얼리티에 대한 억압적 규범이 해체되지 않는 한 니나와 같은 사례는 계속해서 발생할 것이기 때문이다. 그러니 니나의 기자회견을 보고 '나'가 가졌던 "미키마우스 클럽이 끝내 멸망하지 않으리라는"(80쪽) 예감은 암울한 쪽에 가깝다고 해야 한다. 엔터테이너 사업은 대중

* 「미키마우스 클럽」, 79쪽.

의 왜곡된 성인식을 (재)생산하면서, 또 거기에 기생하면서 영속할 것이기 때문이다. 니나는 게임 체인저로 성장했지만, 그가 진정으로 자신과 자신의 소중한 이를 지키기 위해서는 이 게임 자체를 해체할 때까지 싸움을 계속해야 할 것이다.

「보」의 목사 사모 보혜 또한 "이번만은 아버지의 뜻대로 되지 않을 것"(91쪽)을 다짐하며 자신을 구속하는 억압을 넘어서려는 참이다. 이때 아버지라 함은 육의 아버지뿐 아니라 영의 아버지까지 포함하는 말이다. 보혜의 혼인은 아버지를 벗어나기 위해 그의 희망인 목사 사위를 만들어 준 것이었으므로, 지금의 남편과 결혼하게 된 것 자체가 두 아버지의 합작품이었다. 문제는 두 아버지가 합심하여 골라 준 남편이 세상의 법과 성경의 율법을 제 편할 대로 적용하면서 '목사'와 '남자' 정체성을 필요에 따라 오락가락하는 한심한 인간이라는 것. 보혜는 남편의 기만에 화를 낼 기력도 없을 만큼 그에게 지쳤다. 다행인 것은 보혜가 몇 해 전 만난 아름다운 보에게서 느낀 끌림을 선명히 기억하고 있다는 것이다. 그때는 몰랐지만 지금의 보혜는 그 끌림이 사랑의 가능성이라는 것을 알고 있다. 그래서 보혜는 남편에게 자신이 여자를 사랑하고 있으며 이혼을 원한다고 통보한다. 당황한 남편은 제가 우위에 있음을 연출하기 위해 "동성애를 고백한 10대 소녀들에게 교정 강간이 통한다고 믿는 남자들처럼" 아내에게 성폭력을 휘두른다. 남편의 행위가 예상 범위에 없었던 것도 아니므로 보혜는 "마지막으로 단 한 번만 남편의 연극에 장단을 맞춰 주기로" 한다. 다만 남편의 폭력도 보혜의 입에서 흘러나오는 노래를 막을 수 없다. "사랑은 언제나 오래 참고."(111쪽) 물론 지금 보혜가 참고 기다리는 건 세상과 종교의 법이 '허락한' 사랑이 아니라, 폭력과 억압에서 벗어난 아름답고 자유로운 사랑이다.

내/네 얘기 한번 들어 볼래?

「A Queen Sized Hole」과 「그 소설」은 소설가를 주인공으로 내세워 소설 쓰기의 어려움을 보여 준다. 전자가 경제적인 어려움에 집중한다면, 후자는 창작의 괴로움에 초점을 맞추고 있다. 특히 「그 소설」은 소설 쓰기가 아니라 '읽기'를 통해서 소설을 완성하려는 소설가의 야심이 엿보여 인상적이다. 소설 속 주인공 '나'는 '내 얘기'라는 소설을 쓰고서 곤혹을 겪는 중이다. 문창과 합평회 시간에 여자애들에게 금기가 될 만큼 '흔한' 소재인 낙태를 대상으로 소설을 썼더니, 평소 연락도 안 하던 사람들이 전화를 걸어와 그게 '내/네 얘기'가 아니냐고 묻는다. 대학 동기 언니가 연락 온 건 양호한 편이고,

대뜸 "어떤 새끼가 그랬어?"(198쪽)라고 욕부터 하는 엄마의 역정도 들어 줄 만했다. 제일 가관인 것은 바로 그 '어떤 새끼'가 전화를 걸어와 헛소리를 해댄 것.

구남친의 논리 구조가 문제적이지 않은 것은 아니나, 그렇다고 신선하거나 창의적인 것도 아니니 굳이 그것을 분석하는 수고를 하지는 않으려고 한다. 이 소설에서 진짜 주목해야 할 것은 '내 얘기'가 '네 얘기'를 통과하여 '그 소설'이 된다는 점이다. 소설의 '나'는 (자기 얘기는 아닌) '내 얘기'를 썼고, 그러자 많은 사람들로부터 '네 얘기 아니냐.'는 질문을 받았고, 또 다른 사람들로부터는 '내 얘기를 쓴 게 아니냐.'는 의심을 받았다. 그리고 이렇게 옥신각신하는 가운데 '내 얘기'는 제목이 보여 주고 있듯 '그 소설'이 된다. 익히 알고 있듯, 어떤 대상 앞에 정관사 '그(the)'를 붙이려면 화자도 청자도 대상에 대해 알고 있어야 한다. 그러니까 '내 얘기'가 '그 소설'이 되려면, '너'가 필요하고, '너'가 '내 얘기'를 알고 있어야 한다. 이때 '너'는 '내 얘기'를 자신의 얘기로 읽는 동기 언니일 수도 있고, 헛소리를 해대는 구남친일 수도 있지만, 어찌 되었든 '내 얘기'는 독자를 통과하고, 독자에게 회자되어야만 '그 소설'이 된다.

「그 소설」에 관한 이야기를 이렇게 길게 한 건, 독자를 통해 완성되는 '그 소설'이 기실 모든 소설의 꿈이기 때문이다. 아니, 좀 더 솔직하게 말하자면 박서련의 '퀸 사이즈 소설'들이 더 많은 '네 얘기'를 통과하여 '그 소설'로 남길 바란다. 돌이켜 보건대, 미투(Me Too)와 함께 이야기들이 폭발적으로 쏟아진 건 '네 얘기'가 곧 '내 얘기'였기 때문이다. 그렇게 회자된 이야기들은 여성사(her-story)에 '그 얘기(the story)'로 남았다. 이때 '내 얘기'와 '네 얘기'를 연결하는 공통성을 발견할 수 있었던 건 이야기가 완미하거나 감정 묘사가 세련되어서가 아니다. 나와 너가 공통의 조건 속에서 살고 있음을 자각하고, 함께 그 조건의 불합리에 대해서 말하기 시작했기 때문이다. 그러니 『당신 엄마가 당신보다 잘하는 게임』에 수록된 딸/아내/엄마/며느리의 '내 얘기' 또한 독자들의 '내 얘기'를 거쳐 '그 얘기'로 허스토리에 기입되길 기다리는 소설이라 할 수 있겠다. 반복하여 강조하지만 '내 얘기'를 '그 소설'로 완성하는 것은 당신의 이야기다. 여기에 수록된 '내 얘기'들은 당신이 자신의 이야기를 겹쳐 주기를 기다리고 있다. 그리하여 기꺼이 당신의 가슴을 덮어주는 '그 소설'이 되기를 꿈꾸고 있다.

    이것은 '내 얘기'이고, 내 소설이며, 내 이야기가 아니다.
    나만의 이야기가 아니다.*

---

* 「그 소설」, 199쪽.

당신 엄마가 당신보다 잘하는 게임

1판 1쇄 펴냄 2022년 1월 21일
1판 5쇄 펴냄 2024년 10월 14일

지은이 박서련
발행인 박근섭, 박상준
펴낸곳 (주)민음사

출판등록 1966. 5. 19. (제16-490호)
서울특별시 강남구 도산대로1길 62(신사동) 강남출판문화센터 5층
대표전화 02-515-2000 팩시밀리 02-515-2007
www.minumsa.com
ⓒ 박서련, 2022. Printed in Seoul, Korea
ISBN 978-89-374-7289-3 03810

* 잘못 만들어진 책은 구입처에서 교환해 드립니다.